ISBN 979-10-94712-14-6

Michel TREGUER

# QU'EST-CE QUE TU RACONTES ?

Roman

# Sommaire

## 1.

*Naître*

« Qu'est-ce que tu écris en ce moment ?

– Un polar.

– Attends, déplace ta jambe, s'il te plaît, tu pèses sur ma cuisse. Mets ta main sur mon sein.

– Je mets la main plus bas, sur tes papillons roses. Tu as pris ta pilule ?

– Hélas, mauvais père !

– Si je te dis "l'origine du monde", tu vois de quoi il s'agit ?

– Je ne suis l'origine de rien, il n'est encore sorti aucune nouvelle âme de ma petite caverne. Mon mari ne veut pas d'enfant.

– Ton amant. Quand il sera ton mari, on en reparlera.

– Bon, ce polar ?

– C'est l'histoire d'un type fasciné par le tableau de Courbet.

– Le corps de femme sans tête ?

– Le corps de femme dont la tête est hors champ.

– Un pervers ?

– Pas du tout ! pas plus que les peintres qui ont représenté des nus. Un type normal, plutôt bel homme, amateur d'art. Photographe de talent. Quand il couche avec une femme, il lui arrive au matin de faire quelques clichés si la dame veut bien. En général, elles en sont flattées et reconnaissantes, car il leur laisse des épreuves.

— Et puis il se met à leur faire prendre la pose du modèle de Courbet...

— Exactement, il les allonge et leur couvre la tête. C'est un jeu érotique qui lui ouvre bientôt les pages des magazines à la mode, pour bobos élégants. Des Américains fortunés, alléchés par ces publications, traversent l'Atlantique pour apercevoir l'original au musée d'Orsay, car dans leur pays sa présentation en public ferait scandale. Essaie toi-même de le revoir sur internet, tu constateras que les sites publics comme celui de Wikipédia sont plus ou moins bloqués. Mais précisément ces difficultés avivent l'intérêt de notre homme qui se souvient du caractère universel du thème : "l'origine du monde", tout de même, ce n'est pas rien ; ça parle autant aux Chinois qu'aux Européens, aux pauvres qu'aux riches, aux incroyants qu'aux bigots. Quand sa collection de photos se fait suffisante, l'idée lui vient alors d'organiser une installation planétaire en les accrochant, dans des formats gigantesques, sur les Champs Élysées, devant le Kremlin, sur la place Tian'anmen, tout le long de la 5$^{\text{ème}}$ Avenue...

— Je suis pour !

— Il envisage même un moment de faire installer devant chaque cliché un vrai lit avec draps et matelas, portant un mannequin dénudé et sans tête.

— J'aime moins. Le pire serait une poupée gonflable,

l'origine du monde ne saurait être en plastique !

– Comme toi il abandonne cette idée qui compliquerait l'opération et la rendrait trop onéreuse. Mais *Le Grand Journal* de *Canal+* le qualifie tout de même de "Jeff Koons du porno". De son côté, il écrit dans *nonfiction* un article savant repris par *Libération* expliquant que le manque de visage permet de considérer ce corps anonyme comme une icône sacrée, archétype du féminin.

– … mouais !

– Selon une revue de philosophie, "c'est de l'anti-Lévinas", un penseur juif qui a écrit que le lieu de Dieu est le visage de l'Autre. Du coup, il hérite un peu par antithèse de la réputation et du fan-club du savant : il a photographié l'absence de Dieu.

» Et puis, alors qu'il est une nouvelle fois en séance de pose, il apprend que le personnage représenté par Courbet aurait eu à l'origine une tête, ultérieurement exclue par le peintre en réduisant le format du tableau, pour éviter scandale et procès. L'information fait l'effet d'une bombe et traumatise l'apprenti sorcier. Partout fleurissent de nouvelles reproductions truquées, que leurs auteurs prolongent pour donner un visage au modèle. Notre héros est désespéré. Ses photos à lui sont sans tête. Il n'est plus qu'un *has been*. Comment faire ?

– Je crains le pire…

– Bien sûr, cette dernière femme devant lui par ce beau matin de printemps pourrait être photographiée en entier. Mais il choisit de confirmer son rêve. Il prend une tronçonneuse et découpe la tête de l'infidèle.

– Brrr !…

– On pourrait aussi raconter l'histoire à l'envers. Partir d'une série de femmes décapitées. Les enquêteurs se perdraient pendant des centaines de pages dans des milieux de dingues sanguinaires, chez des bouchers de Daesh, des disciples de Charles Manson, des amateurs de *snuff movies*. Et puis, à la fin, on se retrouverait en compagnie d'académiciens et de grands critiques d'art.

– Quelle version écris-tu ?

– Je ne sais pas. Il m'arrive souvent d'hésiter entre plusieurs fins, plusieurs suites possibles à de premières lignes. C'est mon péché mignon. J'aime tellement les histoires que j'ai envie de les proposer toutes et de laisser le lecteur faire son choix.

– J'espère que tu n'hésites pas entre plusieurs vies.


– Je sens que quelque chose te gêne.

– Le titre du tableau est faux, et ton récit avec.

– C'est une fable, une œuvre de fiction ?

– Selon les dernières données de la génétique, tous les humains actuels portent une même "mutation" apparue il y a cent ou deux cent mille ans…

– Je préfère ça au péché originel !

– … un *bug*, une erreur dans la réplication des ADN d'un couple pour produire celle de leur bébé.

– La biologiste entre en piste, elle ne veut pas laisser l'Évolution de la vie aux artistes ! Quel rapport, pourtant, avec mon récit ?

– L'enfant devenu différent de ses parents en est en

général handicapé, ou même non viable. Mais, s'il se trouve par hasard plus résistant, mieux adapté que tous les contemporains à l'état du réel, il survit.

– J'aime bien ton *"par hasard"*. Ça devient romanesque.

– Si la particularité du mutant est transmissible, il peut faire souche et même s'imposer. Ainsi est né l'*homo sapiens sapiens* au détriment, entre autres, des néanderthaliens européens. Sans qu'on sache au demeurant pourquoi ni comment ceux-ci ont disparu.

– Voir *La Planète des singes*…

– Pas de singes, les précédents étaient déjà des hommes eux aussi.

– Alors, une première *Querelle des Anciens et des Modernes* ?

– Plutôt. Tu me troubles ! Tu ne devines toujours pas ?

– Non. Si on parlait d'autre chose ?

– Comme l'heureuse "faute" initiale ne se produit que chez un seul individu, il est possible à chaque fois d'en faire un nouvel Adam…

– … ou une nouvelle Ève ?

– Précisément. Je ne sais plus pour quelle raison, on a pu montrer qu'en l'occurrence l'intéressée – avec un "e" – était cette fois une femme, qu'on peut donc considérer comme la mère de la présente humanité. Elle figure dans l'arbre généalogique de tous les humains vivants.

– Parfait ? C'est elle que Courbet a représentée ?

– Non.

– Mais si, je m'en porte garant ! Je suis sûr que les

humains de l'époque étaient déjà capables de tisser le drap blanc sur lequel elle repose. Il n'y a pas d'autre objet visible dans le tableau. Pas de lampe ou de téléphone portable.

– Ce n'est pas la question. En revanche, on peut considérer comme certain que la dame en question, qui vivait nue en Afrique, était noire.

– Aïe !

– L'origine du monde était noire, elle ne peut pas être cette femme blanche proposée par Courbet.

– Fichtre ! aperçois-tu l'ouragan qui se lève ? L'histoire de l'art ne va pas s'en sortir indemne. S'il était le seul coupable, le Gustave, on se contenterait de changer le titre de son tableau, on dirait *Femme allongée* ou *À l'heure de la sieste*. Mais c'est qu'il faut aussi renommer les tableaux de Cranach, de Dürer !…

– … de Michel-Ange surtout, à la Sixtine !

– … de Raphaël, de Rembrandt…

– … de Klimt, de Fernand Léger. Ce ne sont pas Adam et Ève que tous ces génies ont représentés, mais des idoles pour cérémonies du *Ku Klux Klan* !

– Jusqu'au bon Chagall, il aurait dû penser aux Falashas.

– Tu imagines ton bonhomme sur les Champs Elysées, avec ses grandes photos, discutant complaisamment avec des meutes de journalistes ? Et puis un biologiste prix Nobel vient déclarer devant les caméras qu'il s'agit d'une manipulation raciste scandaleuse, visant à faire oublier la couleur de peau de notre ancêtre commune…

– Tu viens d'écrire la fin de mon histoire ! On cosignera.

– On dort un peu ?

– Après ! Viens là.

– Après quoi ?

– Devine.

– Gourmand !

*

– À vrai dire, j'ai une objection.

– Oui ?

– Si l'origine du monde était noire, pourquoi nous sommes blancs ?

– Parce que nos grands-mères ont dû se garder d'aller à la plage ! Notre pâleur ne date sans doute que d'une dizaine de milliers d'années. Les couleurs des yeux et des peaux, les silhouettes des corps, sont les produits de petits jeux intérieurs à l'espèce, qui ne remettent pas en question ses frontières. Tous les humains vivants sont des *sapiens*. Norvégiens et Pygmées peuvent se métisser dans des enfants communs, quand ni les uns ni les autres ne féconderaient des gorilles. Pour autant, chaque individu a son allure. Je ne sais pas si le titre du tableau est de Courbet lui-même, mais, si on annonce *"L'origine du monde"*, si on prétend produire l'Ève initiale, il faut une peau noire…

– J'aime bien ton histoire !

– Ce n'est pas une histoire, c'est la vérité !

— Une vérité sombre, sans que pour autant elle ait rien de sinistre. C'est une noirceur féconde ! éclatante ! comme l'univers juste après le *Big Bang*... Je te raconterai. Décidément, tu as raison, le titre de Courbet ne va pas du tout. D'autant que, pour le monde, il vaut mieux éviter de parler d'origine.

— Ah ? c'est pourtant le premier mot de la Bible ? *Bereshit*, "Au commencement" en hébreu.

— Si on évite la solution facile d'un Créateur, en remontant le temps depuis ces erreurs de hasard qui font l'Évolution, on se demande comment ça a pu débuter. Quand il n'y avait encore rien pour faire trébucher quelque martingale que ce soit. Les physiciens parlent d'une "fluctuation du vide". C'est clair, n'est-ce pas ?

— "Comme du jus de chique !" aurait dit un grand philosophe voisin de ma grand-mère. Son partenaire aux dominos.


— Goûtons au moins les histoires, sinon l'explication. Je t'ai déjà parlé de Nyx, la déesse grecque de la nuit ?

— Non… Et c'est reparti !

— Nyx est la première créatrice du monde, avant le Dieu de la Bible qui ne commence que plus tard, une fois dissipés les "ténèbres" de la Dame. Chez les Grecs, elle donne ensuite naissance, avec son frère Érèbe, à Éther, l'espace, et Héméra, le jour.

— Avec son frère ?

— Les mythologies adorent les incestes. Il faut bien quand les participants sont encore en trop petit nombre.

– Isis et Osiris. Même plus tard : Siegmund et Sieglinde, les parents jumeaux de Siegfried.

– Tu oublies Adam et Ève, carrément nés d'un même corps. C'est de l'hyper-inceste, la grossesse d'Ève tient de l'auto-insémination. C'est tellement impensable que les kabbalistes juifs ont quelquefois préféré en faire des jumeaux eux aussi, au départ symétriquement positionnés, attachés par le dos et non plus par une côte…

– C'est moins machiste.

– Ensuite, t'es tu jamais demandé comment se poursuivait l'humanité après le premier couple, s'il n'a produit que des fils ? La Bible signale seulement sans s'y attarder que "Caïn connut sa femme ; elle conçut et enfanta Hénoch." Qui est cette bru sans nom ?

- En effet, d'où sort-elle ?

– Le problème est le même pour Seth, le troisième et dernier fils. Ou bien Adam et Ève ont eu aussi des filles, qui ont copulé avec leurs frères. Ou bien il y avait sur la Terre d'autres êtres, anges ou humains, que ceux de la famille locataire de l'Éden. Il est par exemple question de "chérubins" auxquels Dieu confie la garde de l'Arbre de vie…

– Pourquoi pas des extraterrestres ?

– L'hypothèse pourrait s'accommoder du pluriel *Élohim* auquel recourt le texte pour nommer Dieu luimême, même s'il passe assez vite à *Iahvé Élohim*, puis à *Iahvé* tout court. C'est un peu embrouillé, parce que les verbes que gouverne ce sujet pluriel sont en général conjugués au singulier ! Mais pas toujours, et deux versets du troisième chapitre règlent la question.

– Tu lis l'hébreu ?

– Non, mais j'ai un ordinateur ; et des amis.

– Benjamin ?

– Entre autres. En III-5 le serpent souffle à Ève que, si elle mange du fruit défendu avec son homme, *"ils seront comme des dieux, connaissant le bien et le mal"*. "Comme des dieux", et ce "connaissant", cette fois, est au pluriel.

– C'est le serpent qui parle ! qui peut-être, à distance, s'amuse encore à tromper les lecteurs naïfs que nous sommes restés. Aucune confiance !

– En III-22, c'est bien Dieu, et c'est encore plus net. Une fois leur forfait accompli par les deux voleurs, Iahvé Élohim s'exclame : *"Voici que l'homme est devenu comme l'un de nous..."* Il n'existe pas de pluriel de majesté en hébreu, et de toute façon il ne dit pas "comme nous", mais "comme l'un de nous".

– Les juifs sont polythéistes ?

– C'est ce que ne craignent pas de suggérer quelques intellectuels marginaux.

– Benjamin ?

– Plutôt David.

– Que devient-il celui-là ?

– Il est en Israël.

– Il a fait son *alya* ?

– Malgré l'introduction de ce Iahvé, il arrive que les Élohim réapparaissent, et c'est à chaque fois saisissant. Avant l'histoire de Noé, il est écrit que *"quand les hommes commencèrent à se multiplier à la surface du sol et que des filles leur naquirent, il advint que les fils d'Élohim s'aperçurent que les filles des hommes étaient belles"*…

– C'est sûr, il y a plusieurs populations !… les enfants des étoiles et les bouseux locaux. Mais on ne sait plus très bien à laquelle appartient la descendance d'Adam et Ève.

– La Genèse paraît s'en tenir, pour le destin du premier fils, à une solution terrestre. On lit qu'après le meurtre d'Abel *"Caïn sortit de devant Iahvé et habita au pays de Nod, à l'orient d'Éden »*. On dirait bien que c'est là qu'il trouve femme, chez des païens, puisque ce n'est qu'après cet exil que celle-ci est mentionnée. Pour ne pas être incestueux, il fallait que ce premier mariage fût "mixte".

– Quelles salades !…

– … fascinantes ! qui nous rappellent que ce sont des histoires mystérieuses, fussent-elles illogiques, qui tissent le passé des hommes.

– Des histoires qui durent parce qu'elles sont sans solution ? impossibles à conclure ?

– Peut-être bien. Je peux faire une incise ? un peu tordue mais rigolote.

– Au point où nous en sommes !

– Hier soir, je me suis incidemment demandé que faire dans ce torrent du fameux *Messie* que les juifs sont toujours supposés attendre, et j'ai voulu me rappeler si j'avais déjà écrit quelque chose sur le sujet au début de mon texte. J'ai donc tapé *commande, F, messie* pour demander à mon ordinateur de retrouver l'éventuelle mention…

— *F* pour *find*, les ordinateurs sont anglophones de naissance.

— Et, à ma grande surprise, j'ai vu sortir le mot *"messieurs"* que j'avais incidemment utilisé. Dans *messieurs* il y a *messie* ! "Messieurs les Élohim", ai-je aussitôt pensé : les petits futés ou les divins cachottiers, qui dissimulent dans leur pluriel le singulier du Messie !

— Tu es complètement cinglé !

— D'accord, mais les kabbalistes aussi dans ce cas ? et même les talmudistes. C'est le genre de subtilités auxquelles ils se complaisent. En hébreu, bien sûr. Ils vont d'ailleurs beaucoup plus loin, n'hésitent pas à mélanger les lettres des mots, à leur attribuer des valeurs numériques, à trouver du sens aux blancs qui les séparent, aux échos sonores qu'ils suscitent… Je ne suis pas allé jusqu'à entendre *messe* et *cieux* dans *messieurs*.

— On arrête !

— Si le texte de la Bible est divin, alors, malaxé de toutes les façons, il reste pertinent, il a toujours des secrets à proposer.


— Je suis perdue ! Où sont Nyx et Érèbe, Isis et Osiris, dans ce maelström ?

— Toujours au début, dans les ténèbres primordiales, et dans la tête de millions de rêveurs. À la vérité, il y a au moins *une* porte dans la Bible qui ouvre sur les autres mythologies. Il y en a peut-être d'autres, sans doute même, mais quand je reprends la lecture de cet écrit magique je n'arrive jamais à dépasser la *Genèse*, tellement son récit me trouble. La suite, c'est pour les rabbins, et je ne suis qu'un pauvre goy errant…

– Texte "divin" ou "magique", ce n'est peut-être pas tout à fait la même chose ?

– Écoute, Genèse VI : *"Quand les fils d'Élohim venaient vers les filles des hommes, les enfants qu'elles leur donnaient étaient les héros qui furent jadis des hommes de renom."* Intéressant ? Selon ton humeur et ta culture, tu peux caser ici Œdipe, Orphée, Hélène et Pâris, Achille, Médée et Jason, Lug et Cúchulainn, Siegfried et Brunehilde…

– J'aimais bien les incestes… c'était chaud !

– Chaud comme le *Big Bang,* j'y reviens, qui a bien fait les choses pour permettre à tous ces gredins de dissimuler leurs exploits ! On dirait que les physiciens modernes n'ont pas oublié Nyx.

– C'est pourtant une explosion ? un éclair ? un flash ?

– Une explosion, oui. Un éclair, pas vraiment. En fait, les premiers rayons lumineux n'ont pu fuser dans l'espace, peut-être en le créant, qu'au bout de 380 000 ans. Avant, la pesanteur était trop forte…

– Avant, tout est noir ?

– Je ne sais pas non plus si on peut dire ça. Rien ne sort, mais l'univers n'est qu'une boule de feu. On ne peut pas le voir de l'extérieur. Le "rien" du dehors est encore plus noir que le noir, l'intérieur est rouge !

– Je demanderai à Meissonnier.

– Je t'interdis bien de fréquenter ce séducteur !

– Il me fait cours demain.

– Il ne vient que pour toi.

– Idiot ! À propos de ténèbres, il avait l'autre jour à la main un livre qui pourrait bien te plaire.

– Ça m'étonnerait !

– Un *Éloge de l'Ombre* par un écrivain japonais.

– Hum ? gagné, bravo le Japon ! Vole lui son bouquin ? Il faudra que je regarde ça de plus près.

*

– Tu me réveilles, tu bouges trop. Tu sens la terre.

– J'ai planté des laitues tout l'après-midi.

– C'est une odeur mystérieuse, un peu écœurante. On la sent puissante, "chtonienne", plus forte que nous.

– Elle a quelques milliards d'années. Je ne dormirai plus. Je vais aller semer des choux, on est en lune descendante.

– Encore de la magie ?

– Pas du tout. Si la lune peut tirer les marées de l'océan et régler les cycles de tes ovaires, je ne vois pas pourquoi elle ne serait pas capable de s'occuper de mes légumes. Qu'est-ce qu'on te raconte dans tes cours de biologie ?

– Certainement pas ça ! Les programmes restent désespérément *square*, des manifestes rationalistes. Et les profs donnent tous l'impression de rêver davantage d'Académie que du pouvoir des astres…

– Même Meissonnier ?

– Tu le connais mieux que moi. Heureusement en *master*, il y a de moins en moins d'amphis généraux…

– …de sermons *ex cathedra*.

– On est supposé travailler seul. Comme toi !

– Pour les filles on devrait dire qu'elles passent leur *mistress*, pas leur *master* ?

– C'est ça, on se tiendrait pour elles à des épreuves de cuisine et de couture ?

– De séduction.

– Affreux macho !

– L'autre jour le *Time* a titré un portrait de Charles, l'héritier vieillissant de la couronne britannique, *The forgotten Prince*, le prince oublié. J'ai pensé que je suis, moi, un oublié de la vie…

– C'est toi qui as quitté la fac. Tu es un éclaireur.

– J'aimerais.

– Un dissident.

– Tu es gentille.

## 2.
### *Choisir*


– Tu entends ce vent ? J'ai cru que j'allais m'envoler avant d'atteindre ta porte. Tu n'es pas couché ? Qu'est-ce que tu écris ?

– Un millefeuille. Ou un bouquet. Encore une suite à notre conversation de l'autre nuit. Mais cette fois une nouvelle fiction.

– Un deuxième polar ?

– Si on veut, mais sans morts. Au contraire, avec des vies en plus.

– En plus de quoi ?

– En plus de ce réel minable où il faut toujours choisir, éliminer des milliers d'autres destins. Je n'ai pas encore pondu grand-chose, mais j'ai déjà trouvé la citation que je mettrai en exergue si je m'y mets. C'est une phrase de James Salter, le romancier américain…

– Connais pas.

– … dans un bouquin au titre énigmatique, *Light years*, qui peut s'entendre comme "Légères années" ou comme "Années lumière". Ce n'est que la chronique de bobos new-yorkais, mais, écoute, ce n'est pas si simple : *"Tout ce que nous entreprenons, et même ce que nous ne faisons pas, nous empêche d'agir à l'opposé. Les actes détruisent leurs alternatives. "*

– J'y réfléchirai…

– Ça fait écho à cette plainte de Jack Kerouac : *"Qu'est-ce qui m'attend, dans la direction que je ne prends pas ?"* C'est dans *The Subterraneans*, où les souterrains sont les personnages plus que les lieux qu'ils arpentent. Ils ne se cachent pas, ils sont *autres* que ce qu'ils paraissent, autres que les humains "normaux" qu'ils côtoient. Je préfère l'expression originale à sa traduction : *"What's in store for me, in the direction I don't take ?"*

– "Qu'est-ce qui est en magasin, pour moi…

- … en réserve, dans la direction que je ne prends pas ?"

– Il ne le saura pas.

– Mais on peut en rêver.

– *"Je est un autre"*…

– … ou *"plusieurs"*, la formule de Michaux me convient mieux encore que celle de Rimbaud. Certes, je considère avec curiosité l'*alien* que je vois dans la glace. Mais le type change tout le temps, c'est un transformiste. Je ne suis même pas tout à fait certain d'être un homme…

– Tu me fais peur.

– Je me rêve souvent goéland, loutre, dauphin.

– Tu me saoules. J'ai froid, je vais me faire un chocolat. Tu préfères une gravette ou une sardine ?

– Les deux, les quatre, je veux toutes les vies. Assieds-toi. Je suis un scribe du dieu hasard, il a commencé à me dicter une de ses paraboles…

— On n'a plus le temps, mon père va se réveiller. S'il passe dans ma chambre, je suis faite !

— Il n'y passe jamais, c'est un homme discret.

— Réservé.

— Trois minutes, seulement le *pitch*. Tu es d'accord, nous pouvons à tout moment être renversé par une voiture ou à l'inverse échapper à la mort ? réussir ou échouer à un examen ?

— Sans doute.

— Croiser le regard d'une femme, d'un homme, qui deviendra notre moitié pour la vie, ou au contraire tourner la tête à ce moment-là pour voir quel est ce crétin qui klaxonne ?

— Je ne veux pas d'autre destin que toi.

— Je voudrais mettre à plat, détailler toutes ces occurrences qui s'enchevêtrent, s'excluent ou s'écrasent dans la vie réelle.

— Une nouvelle affaire de fins multiples ?

— Un début feuilleté, plutôt.

— Je ne peux pas, tu me raconteras la prochaine fois, tant pis pour le chocolat. Ma mère m'a demandé ce matin ce qui me prenait d'aller marcher dehors toutes les nuits. Je lui ai raconté une fable de promenade au clair de lune, mais elle m'a fait observer que le ciel était couvert !

— Alors ?

— Je lui ai dit que *je sentais* la lune derrière les nuages ! N'importe quoi !

– Parfait ! tu devenais conteuse à ton tour.

– Je ne veux pas me moquer d'elle. Elle a fait mine de me croire parce qu'elle m'aime, et je l'aime aussi.

– Viens-là cinq minutes avant de partir.

– Cinq minutes ? Ça raccourcit à chaque fois. Pouf, pouf, quelle poésie !

– Il faudrait savoir ce que tu veux. J'ai faim. Tu es mon croque-madame.

*

– Bon, ces vies en plus ?

– Je pars d'un type ordinaire, "un pékin lambda" comme on disait en prépa, qui doit choisir entre deux filières d'études : scientifiques ou artistiques…

– Ça me rappelle quelqu'un !

– Il doit se décider, mais le récit, lui, ne le fait pas. Il propose les deux vies possibles, et il les raconte au présent.

– Ce sont des jumeaux.

– Non. En attendant la surprise que je te réserve à la fin, il faut vraiment se représenter le même homme embarqué dans deux destins différents, qui s'excluent. Les jumeaux vivent dans le même monde. Ils peuvent s'ignorer, se combattre comme Jacob et Esaü, Romulus et Rémus…

– … ou s'entraider comme Luke et Leia.

– Qui ça ?

– *Skywalker*, des "promeneurs célestes", c'est dans

*Star Wars.*

– On s'éloigne encore plus de mon schéma, mon bon-homme de départ ne va pas changer de sexe ! Dans les histoires auxquelles tu penses, l'idée est plutôt de dresser face à face deux personnalités semblables, en proie aux ravages du mimétisme ; ou bien même de dessiner une conscience double hantée par deux êtres qui cohabitent et s'affrontent. De mon côté, je n'avance ni miroir ni divan, je dessine un arbre qui diverge de plus en plus. Chacun des mes comparses parvient à un nouveau carrefour. Débouchant sur deux suites possibles.

– Il va vite y avoir foule !

– Je m'arrête à quatre.

– S'il te plaît !

– La volonté de mes personnages n'est pas toujours sollicitée dans tel ou tel de ces choix qui s'imposent à eux. Il peut s'agir d'un incident matériel qu'il serait vain de qualifier d'heureux ou de regrettable. Par exemple, un colis mal assujetti tombe ou ne tombe pas d'un chariot sur le quai d'une gare, ralentissant ou non le flot des voyageurs. Si l'embarras a lieu, notre héros retardé de quelques secondes manque une rencontre essentielle qui transformerait sa vie s'il gagnait librement la sortie. On raconte les deux versions. Il y a désormais quatre destins, quatre parcours, quatre types, dont un seul est vrai.

– C'est tout de même une vieille affaire ? les "uchronies" des auteurs de science-fiction, j'adorais ça, des méditations sur ce que serait devenu le monde si l'histoire avait été différente. Dans *Le Rêve mexicain*, Le

Clézio raconte que, pendant sa montée vers Tenochtitlan où l'attend Moctezuma, Hernán Cortés et ses hommes arrivent à une patte d'oie qui propose deux chemins : l'un encombré de rochers et d'arbres morts ; l'autre, dégagé. L'Espagnol n'a qu'une cinquantaine d'hommes avec lui, et il peut craindre qu'un piège ne lui soit tendu, d'où il ne sortirait ni vainqueur ni même vivant. Les stratèges locaux n'ont-ils pas imaginé qu'il prendrait la voie la plus aisée ? Il engage sa petite troupe sur la route difficile. Quelques semaines plus tard, l'immense territoire est conquis, son empereur assassiné, sa population asservie. Est-ce que, si Cortés avait pris l'autre chemin, l'issue de cette tragédie aurait été inversée ? est-ce qu'il y aurait aujourd'hui un pays aztèque représenté à l'ONU ?

— À ceci près que dans ces scénarios le lecteur connaît l'issue véritable et la garde en tête : Vercingétorix a été vaincu à Alésia puis égorgé à Rome ; Atahualpa, garrotté par Pizarro. Leurs éventuelles victoires ne sont que des rêves plaisants mais creux. Le monde n'est pas ainsi. La méditation de Pascal est encore plus vaine car, avant même de prétendre remanier l'histoire, c'est à la nature qu'elle se heurte : le nez de Cléopâtre n'était pas court ! Tandis que dans mon histoire on ne sait pas où est le réel. Des quatre avatars du même homme, l'un est devenu un puissant homme d'affaires, un autre un révolutionnaire à la Che Guevara, un troisième un artiste marginal et gay…

— Le quatrième ?

— Il fallait bien un assassin ? Tu liras !

— Plusieurs romanciers ou cinéastes ont développé des

fables semblables ? Ça me revient. Pierre Gripari, Krzysztof Kieslowski, Philippe Roth. Il y a aussi un film avec la belle Gwyneth Paltrow qui monte ou ne monte pas dans une rame de métro bondée à Londres, et découvre ou non la trahison de son amant.

– Sans doute. Mais, en créateur jaloux comme le Dieu de la Bible, c'est ma fin que je préfère ! une fin quadruple qui les réunit contre toute métaphysique…

– Dis-moi.

– Garde en tête que, de ces quatre personnages qui sont tous le même homme, un seul est réel. Laisse-moi te répéter cette phrase plusieurs fois, ou fais-le toi-même, car, j'en ai fait l'expérience en me relisant, il est difficile de garder à l'esprit le paradoxe qu'elle énonce, tandis qu'on détaille les aventures différenciées de chacun de ces types…

– … qui sont tous le même homme.

– Tiens bon ! En revanche le temps, lui, qui s'écoule dans ces quatre vies parallèles, ne s'est pas dissocié en quatre filons différents. Il coule, unique et semblable, de jour en jour, dans ces occurrences distinctes. Il est donc permis de se demander où est chacun de ces bonshommes à une même date précise…

– … où *serait* chacun d'eux ?

– Où *est*, dans mon millefeuille. La plaisanterie du destin, du diable ou de l'auteur, consiste alors à les faire tous passer cette nuit-là, pour des raisons variées, par le même hôtel d'une même petite ville.

– Attends. Un seul d'entre eux est vrai ?…

– … et avec lui seules sont réelles les aventures qu'il vit.

– Les autres sont des fictions, des romans, des films ? L'un des participants est un véritable acteur ; les trois autres, des personnages ? Réunis par groupes de trois, ils sont des rêves du quatrième ?

– Mais chacun se pense vrai. Chacun ne connaît que sa propre réalité. Ce qui ne les empêche pas d'être tous, au même moment, dans le même hôtel. L'un a acheté l'établissement, un autre y cache des amours clandestines, un troisième y fait ce que tu veux…

– … le dernier va y commettre un meurtre.

– Je ne l'ai pas encore décidé, j'ai commencé par la fin, je vais te la lire sur mon ordinateur.

– Couvre-toi, il fait de plus en plus froid.


– Dans le récit, justement, il fait trop chaud pour dormir. C'est la nuit. Ça se passe dans un bled du Tennessee, au mois d'août. Ce ne sont encore que des notes.

> *Chacun d'entre eux passe un peignoir et descend devant l'hôtel respirer un peu. Ils sortent tous les quatre. Ils s'assoient côte à côte, face à face, sur les bancs défraîchis qui bordent la piscine tiède. Et, privilège de la fiction, ils se voient, il se reconnaissent, sans surprise excessive. Il est bien difficile de rapporter leurs propos. De puissants mécanismes d'oubli protègent le simple rêve qu'on a négligé de noter dès la minute du réveil. Mais, lorsqu'il s'agit d'un rêve au cube, il*

*devient vain d'espérer franchir cette porte trois fois gardée.*

*Tout au plus peut-on imaginer les sourires de connivence et les timides "Ça va ? – Ça va. Et toi ? qu'est-ce que tu fabriques par ici ? – Et toi ?", par lesquels ils se saluent. Peut-être l'un jalouse-t-il doucement la fortune ou la sveltesse d'un autre. Sans doute des larmes leur viennent-elles aux yeux, au spectacle de tout ce qu'ils auraient pu être et que, par malchance, par lâcheté, par erreur, ils n'ont pas été.*

*La seule chose qui soit sûre, c'est qu'au moment de regagner leur chambre ils se regardent et qu'ensemble ils pensent : " Lequel de nous quatre va se réveiller ?"*

– Je t'aime cinq fois ; ces quatre-là, plus toi. Parce que nous irons au Tennessee nous aussi ?

– Je savais que tu compliquerais les choses, mais je suis partant.

– Bon, passons au chocolat ! »

## 3.

### *Cesser*

Au fond d'un champ, Erwan à genoux dans la terre humide. Lourdement vêtu d'une veste et d'un pantalon huilés, de bottes de caoutchouc. Il enfonce dans le sol les trois dents d'un petit outil qu'il fait ensuite basculer pour libérer les minuscules pousses apparues depuis quelques jours. Il range les moins fragiles dans un couvercle de carton qu'il emporte dans ses reptations. Tout à l'heure, il repassera sur les mêmes surfaces pour replanter une à une, en les alignant, les tiges réservées. Aucun autre interlocuteur que son corps. Il écoute les réactions de ses muscles, il cherche les gestes parfaits qui lui vaudront le minimum de fatigue. Où donc s'enregistre la mémoire de ces mouvements qu'il est capable de reproduire une fois précisés ? dans son cerveau ? mais ce sont bien ses bras, ses reins, qui s'en souviennent ?

À la vérité, s'il se redresse pour souffler un peu, il se découvre accompagné par des témoins muets. Un goéland impassible, perché sur le talus à quelques mètres de lui, le bec marqué d'un rond vermillon qui rappelle le *tilak* que portent au front les hindous, surveille l'apparition de lombrics dans les petits sillons des craquelures.

De temps en temps un merle fantasque interrompt son sifflet pour venir danser sur la pente entre les petites fleurs. L'un des deux osera-t-il venir becqueter un ver aussi près du géant *sapiens* ? Le maraîcher lorgne avec inquiétude des entrées de terriers dont des lapins pourraient surgir pour venir ravager sa plate-bande. Auquel cas sa peine n'aurait servi qu'à dresser la table de ces fripons… Quel scénario ! Erwan sourit en se souvenant que le berceau dans lequel il dispose ses bébés légumes est exactement taillé au format A4 ; il coiffait la boîte de « papier laser 80g » qu'il a achetée la veille. En somme, il écrit tout le temps : ici, sur la terre, avec une binette et des brins végétaux ; dans son bureau, avec les électrons de son ordinateur et les molécules d'encre de l'imprimante. Il tatoue le monde, il le tague de stigmates que les *Élohim* n'avaient pas imaginés.

À l'entrée de la parcelle apparaît la silhouette de Mélanie, extraordinairement différente. Fine, les jambes nues, juchée sur une bicyclette, à peine couverte d'une robe courte à pois rouges que le vent voudrait bien soulever. « Grand prix de la dune », décide le spectateur, car le pays n'a pas de montagnes ; et sœur du volatile. La championne ne sait plus si c'est le tissu ou ses cheveux qu'il faut maintenir. Elle rit de son impuissance.

« Erwan !… » Il n'entend rien de la suite, mais le geste de la jeune fille brandissant un pied pour découvrir une chaussure à talon lui laisse deviner qu'elle ne peut s'avancer sur cette surface meuble. Il se lève, abandonnant sa page brune au goéland et au merle qui ne se font pas prier. Impressionnant déploiement de grandes ailes blanches. Gribouillis noirs agités. Les lombrics vont souffrir. À moins qu'ils n'aiment les griffures de becs, la douceur dissolvante des estomacs d'oiseaux.

C'est long, deux cents mètres, lorsqu'on traîne un harnachement de bouseux.

« Tu m'as fait penser à un moine, le frère Erwan cultivant entre deux prières le potager du monastère…

– Frère "lai", mais sans "d".

– … ou à un philosophe nippon ratissant son jardin zen.

– À ceci près que leurs parcelles de pierres sont closes, tandis que la mienne est immense, ouverte sur l'infini. Le Titan qui me porte a une toison verte et une chair foncée. À vrai dire tu as raison. Les dieux *shinto* sont partout, dans la terre, dans l'eau, dans l'air. Un jardin n'est qu'une parole, un cri muet rappelant le grand discours du Tout.

– Je crois que les jardins zen sont bouddhistes.

– C'est japonais, tout ça ?

– Je suis venue t'annoncer la date de mon cocktail de fin de master pour que tu la marques en rouge dans ton carnet.

– Je n'ai plus d'agenda, je marche à la lune et à la Voie lactée.

– Je voudrais une place entre Maître Artichaut et son Valet Poireau…

– Tous des seigneurs.

– Vendredi en huit, ça t'ira ? Écris-la sur ton poignet

pour que tu la voies chaque fois que tu allonges le bras.

– Pour que je me souvienne que je ne suis qu'un prisonnier dans ton camp.

– Retire ça !

– Pourquoi ? c'est une condition qui me va.

– Meissonnier m'a dit qu'il n'était pas exclu que le doyen fasse une apparition. Peut-être même le recteur. Ma mère est dans tous ses états, et mon père ne dit plus un mot ! Qu'est-ce que tu plantes ?

– Je *replante* des betteraves.

– Rouges ?

– Comme les taches sur ta robe et sur le bec des goélands. Il y a des correspondances.

– Je me doutais qu'il était prudent que je vienne glisser mon message entre tes visions. Je vais prendre froid si je reste là. Qu'est-ce que tu écris en ce moment ?

– Des betteraves ! Il faut aussi que je butte les petits pois.

– Quoi d'autre ?

– Des poèmes. Des haïkus.

– Tu m'en fais un, là, maintenant ?

– *Pois rouges, pois verts,*
  *La fille et la terre,*
  *Le garçon, la tête à l'envers.*

– Tu as gagné un baiser !

– Trois, un par vers ! ou par lombric, plutôt.

– En fait, tu composes pour une cantinière. Je compile des recettes de toasts, et pour toi j'achèterai du saumon.

– Tu ne m'avais pas invité aussi fermement ?

– Je ne savais pas, je cherchais la bonne formule. Je ne voulais gêner personne, ni toi, ni mes parents…

– Ni les profs…

– Si tu veux.

– Ni la lauréate elle-même.

– J'ai un peu honte de cet embarras. Maintenant je sais.

– Tu sais quoi ?

– Que je t'aime ! et qu'il est hors de question que cette cérémonie se tienne sans toi.

– Qu'y ferai-je, si c'est une cérémonie ? Je vais venir en bottes, pleines de boue.

– Tu laisseras deviner aux mandarins qu'il n'y a pas que la campagne qui soit cultivée : les habitants aussi !

– Tu m'annonceras avec un roulement de tambour, et je ferai un numéro ?

– Tu allègeras la gêne de ma mère, elle pourra retenir ses commentaires sur la météo, elle ne se sentira pas jugée. Je t'en prie, tu mettras la chemise que je t'ai offerte, et tu viendras pour cinq heures.

– Pourquoi es-tu si belle aujourd'hui ?

– Je vais à la Fac placer mes invitations. Je ne l'ai pas fait exprès, ce sera un vendredi 13.

– Tu sais d'où ça vient ?

– De la Cène, le Vendredi Saint : douze apôtres et un Jésus.

– Il y aura un Judas.

– Crétin ! je t'aime quand même ! »

D'un grand coup de pédale, Mélanie se sauve en riant,

bouleversée par cet aveu renouvelé que son désir, le stress et le vent viennent de lui arracher. Sa robe remonte jusqu'aux omoplates, découvrant une petite culotte de coton blanc. Une fillette.

L'aimé rentre chez lui, le ventre enflammé, la poitrine douloureuse sous les pulsations de son cœur. Quel visage fera-t-il au jour dit ? Quelle part de son destin acceptera-t-il de dévoiler si Meissonnier le questionne ? C'est qu'il le connaît, ce vieux schnock, et que la réciproque est vraie. Pendant la deuxième année de la licence de philo, le bonhomme leur donnait de temps en temps un cours d'initiation aux « problématiques de la bioéthique ». À la vérité, il était passionnant, il doit l'être toujours, ce qui en fait un interlocuteur dangereux pour qui n'entend pas se livrer.

Voyons, trois granules de *Dulcamara* pour combattre ce froid humide. « Douce-amère », la potion convient aussi à l'état d'esprit du malade.

*

Erwan a vécu toute son adolescence face à un père agriculteur, privés, l'un de femme, l'autre de mère, par le décès en couches de la déesse fantomatique dont les photos n'ont jamais quitté les murs des chambres ni le buffet du salon. Rien de sinistre dans ce conte. L'homme et le gamin se sont soutenus de leur amour réciproque. Erwan est devenu la fierté de ses instituteurs, puis un brillant lycéen dans la ville voisine, enfin un étudiant promis à une carrière que ses professeurs, incapables d'embrasser les continents nouveaux du savoir, lui promettaient universitaire. Avant qu'il ne tienne une dernière fois la main de son géniteur emporté par un cancer du pancréas et qu'il ne décide, dès son retour du cimetière, de combattre les pesticides maléfiques responsables de cette tragédie. En s'installant à son tour comme maraîcher *bio* sur les modestes terres familiales. Adieu les masters et autres thèses. Sans regret.

Mélanie est la voisine miraculeuse de cet ours solitaire. Ils ont joué ensemble dès leur plus tendre enfance. Ils sont allés mille fois jusqu'à l'école du village en frottant l'une contre l'autre les manches de leurs avant-bras ; puis jusqu'au lycée, assis côte à côte dans le car de ramassage scolaire. Il a fallu que les facs les séparent pour qu'ils se reconnaissent amoureux. Ils ont alors pris l'habitude de se rouler dans l'herbe d'une prairie voisine ou sur l'une des plages du pays en s'embrassant. Puis « le top model des champs » est venu de temps à autre se glisser dans le lit de son bouleversant ténébreux. Mais pour autant leur union reste discrète et bornée par un avenir blanc. Ils ne se sont jamais posé, ni entre eux ni devant leurs parents, la question de sa durée, encore moins celle de son éternité. C'est une forme de respect réciproque. Ils ne sont encore qu'à l'âge des initiations. Chacun s'interdit de peser sur le futur, sur la liberté de l'autre.

Leur plus grand plaisir consiste à joindre perdition

érotique et égarement littéraire. Mélanie entre sans bruit dans la maison que seuls éclairent un petit spot et l'écran de l'ordinateur d'Erwan. Elle approche une chaise du dossier du fauteuil, enserre de ses bras la poitrine de « l'écriveur » – c'est son mot, le texte qu'écrit son aimé ne saurait être « vain » – pose la tempe ou le menton sur son épaule, et lâche le sésame qui leur ouvrira la caverne des folies :

« Qu'est-ce que tu racontes ?

– Tout à l'heure. Tes parents ont pris leur somnifère ?

– Nous avons deux heures.

– Trois.

– Il faudra que je dorme un peu, moi aussi. »

Lorsque l'attente dure trop longtemps, elle finit par se reculer, par ôter ses vêtements en silence. Elle aime la caresse du slip qui glisse sur sa cuisse. Puis, elle se loge nue sous la couette en patchwork qui recouvre le lit, dans l'ombre de la pièce. De là, la scène est belle, éclairée sur les bords du dos sombre d'Erwan, comme un tableau de Georges de la Tour.

« Qu'est-ce que ça dit ? Tu me lis quelque chose ?

– Je cherche un événement radical. La Terre a déjà connu bien des catastrophes. Incroyables mais vraies. Des rencontres avec des aérolithes entraînant l'arrachement de la lune à la planète ou, dans un autre genre, la fin des dinosaures. Des glaciations monstrueuses avec retrait des mers, puis leur retour dans une période plus chaude. Il n'y a pas si longtemps la Manche n'existait pas, la Seine et le Rhin se rejoignaient pour aller se jeter dans l'océan derrière l'île de Sein. Les pêcheurs ramènent quelquefois dans leurs filets des os des mammouths qui gambadaient entre l'Angleterre et la France.

– Je crois qu'il est arrivé à plusieurs reprises que le détroit de Gibraltar se ferme pendant des durées assez longues pour que la Méditerranée et la Mer Noire s'assèchent sous la brûlure du soleil.

– La botte italienne devenait une chaîne de montagnes dominant des vallées profondes de plusieurs milliers de mètres. Et puis "un jour" les serrures craquaient, les isthmes se faisaient de nouveau détroits, libérant les torrents monstrueux de l'eau océanique.

– Mais quels témoins pour raconter ces superproductions ?

– On ne m'a pas commandé d'entrefilets sur ces anecdotes !

– Tu t'en tiens aux présentes noyades de migrants ?

– *"Médi-terranée"*, plus que jamais le centre du monde. Non, l'actualité ne fait pas non plus mon métier…

– … qui est ?

– Le rêve. Je suis un portier de l'inconnu. Il me faut un événement aussi présent et aussi obscur que cette "matière noire" invisible qui, disent les physiciens, constitue la quasi-totalité de l'univers. Je pense par exemple à une grande grève – pas une plage, une suspension de toutes les activités – qui serait née d'un événement minuscule dans un trou perdu, mais qui, sans qu'on sache trop pourquoi, par mimétisme, aurait gagné l'ensemble de l'humanité, les États-Unis, la Chine, le Brésil. Plus personne ne voudrait être le "Jaune Majeur" identifié dans les livres d'histoire futurs comme le premier à avoir cédé.

– Moi non plus !


– Tu sais d'où vient ce mot de "grève" pour nommer un arrêt de travail ?

– C'est parisien, je crois ?

– Mais auparavant le terme dérive du latin "grava", d'origine gauloise, qui veut dire "gravier".

– C'est un mot astérix plutôt qu'un mot césar…

– L'actuelle place de l'Hôtel-de-Ville, à Paris, fut longtemps appelée "la place de Grève", quand elle descendait encore en pente douce jusqu'à la Seine. Sous l'Ancien Régime, c'était à la fois le lieu d'exécution des condamnés à mort et celui de célébrations populaires comme le feu de la Saint-Jean.

– On jouissait de ces morts qui vengeaient celle du Baptiste !

– Qui sait ? Fabuleux mélange. Les grévistes font la fête, cette joie partagée leur vient des origines de leur langue. Mais la société veille, on pourra sur place rouer ou décapiter les meneurs…

– Tout est dit.

– C'est un exemple parfait d'élargissement de sens qui se mue en retournement, l'un de ces héritages que nous lèguent nos cultures sans que nous le mesurions consciemment. Écoute ceci que j'ai copié sur Google :

*Les ouvriers sans travail se réunissaient sur la place de Grève, sous les galeries formées par les piliers des maisons. C'est là que les entrepreneurs venaient les embaucher. "Faire grève", "être en grève", c'était donc – à l'inverse du sens actuel – se tenir sur la place de Grève en attendant de l'ouvrage, chercher du travail. Mais, en revanche, quand les ouvriers mécontents de leur salaire refusaient de travailler aux conditions offertes, ils "se mettaient en grève", c'est-à-dire qu'ils retournaient sur la place de Grève en attendant qu'on vienne leur faire de meilleures propositions. C'est pourquoi finalement le mot "grève" a été retenu pour désigner la cessation volontaire, collective et concertée du travail par les salariés afin d'obtenir une augmentation de salaire...*

» Convaincue ?

– Qu'est-ce que tu vas faire de ce paradoxe ?

– D'abord l'oublier. Dans mon scénario, la grève est planétaire. Deux personnages principaux, bloqués chez eux, sans radio, sans téléphone, discutent de la situation mondiale en s'engueulant, en faisant l'amour.

– Un couple ?

– Sans doute. Lui pourrait être un chef d'entreprise sans nouvelle de son établissement implanté à l'autre bout du monde, en Chine.

– Elle ?

– Une fée... Une fille intelligente plus frottée de

poésie que d'économie. Ou de biologie…

– Non !

– Il serait facile d'imaginer les routes encombrées par des files de voitures aux réservoirs vides. Au demeurant, un romancier français, René Barjavel, a déjà décrit une situation plus absolue encore : dans son récit *Ravage*, alors que le réel ordinaire tourne rond, que les directeurs dirigent, les travailleurs travaillent et les machins machinent, soudain, l'électricité disparaît. Plus aucun moteur, plus aucune communication à distance…

– Comment donc ? pourquoi ?

– Je ne me rappelle plus. Je ne pense pas qu'il le dise. Comme le bouquin est sorti en 1943, on en a fait quelquefois une parabole pétainiste. Les villes étant devenues impraticables, les personnages doivent s'installer à la campagne et réinventer une civilisation rurale, retrouver le plaisir de la bêche et de la charrue tirée par des bœufs. Mais ce n'est pas là ce qui m'intéresse. Le plus troublant n'est pas l'extinction des techniques comme auraient pu l'imaginer des disciples de Heidegger ou de Ilitch. La vision porte au-delà. C'est le rappel que, en dépit des tentatives des philosophes, les "savants" – qui n'en sont donc pas – en sont réduits à comprendre "comment ça marche". À la vérité nous ne connaissons pas l'essence du réel, "la nature de la nature". Les lois physiques, la gravité, l'électricité, les forces nucléaires, nous sont *données*. Nous devons faire avec, *c'est comme ça*. Si toutes ces entités cessaient d'être, nous n'aurions pas davantage d'explications à leur défaut qu'à leur présente réalité.

– Comment s'en sortent-ils, tes deux prisonniers ?

– J'en fais des personnages de théâtre, je ne rapporte que leur dialogue. En dépit de sa gravité, la situation a des aspects drolatiques. Tout est bloqué, ils ne reçoivent plus de journaux. Lui surcharge pour la dixième fois les mêmes grilles de mots croisés en imaginant d'autres solutions. Elle s'en moque, chantonne, repasse, prépare les repas, écrit peut-être la chronique des événements.

» J'envisage aussi de rajouter une femme de ménage burlesque – une sorte de Marthe Villalonga – qui ne débarquerait que pour annoncer qu'elle est venue "pour ne rien faire, comme tout le monde". Et un jeune postier qui, à l'inverse, serait "jaune", mais peut-être de maladie…

– … de sida, pour rester d'époque.

– À la fin, on frappe, et entre un Chinois d'opérette, un ouvrier délégué par ses camarades de Guangzhou pour demander une augmentation au patron…

– Tu devras dire comment il a fait pour voyager !

– Sur un pigeon géant ou un cygne ?…


– Tu as un titre ?

– *Préavis.*

– Brrr !

– Ou bien *DRH* peut-être ! en laissant les lecteurs prêter aux initiales des mots plus *aventureux* que "Direction des Ressources Humaines" …

– "Désastreux, Rigolo, Horizon"…

– J'avais d'abord pensé tout simplement à *Grève* ou *La Grève*, dont j'aime bien le côté océanique, mais je me suis aperçu que c'était déjà pris...

– Par Eisenstein ?

– Non, en littérature, par un auteur assez extraordinaire ou plus exactement par ses traducteurs.

– Voyons ça !

– Une certaine Ayn Rand, Américaine mais née Alissa Zinovievna Rosenbaum en Russie, en 1905 ; gourou des mouvements dits *objectiviste* ou *libertarien*. Son bouquin s'appelle en anglais *Atlas shrugged*, "Atlas haussa les épaules", mais on le trouve en français sous le titre *La Grève*, traduction de son premier choix, *The Strike,* qu'elle a préféré abandonner pour ne pas révéler prématurément la clé de sa fable.

– Qui est cet *Atlas* ?

– C'est la Terre, la planète des hommes, le Réel avec lequel ils doivent composer pour, en retour, contribuer à le former. Or, c'est bien un renoncement qu'elle raconte, différent du mien mais aussi radical. Dans sa parabole, les idéologies étatistes et les morales égalitaristes briment tellement les initiatives individuelles que les plus grands génies de l'espèce, des chercheurs comme des industriels, décident de lever le pied, de taire leurs nouvelles idées. C'est une grève de l'intelligence, pas du tout l'émeute des marins du *Potemkine* qui ne veulent pas manger d'une viande avariée. Comme si Tim Berners-Lee avait décidé de garder pour lui le principe du Web, Jimmy Wales l'idée de Wikipédia ou Zuckerberg celle de

FaceBook.

– D'autres les auraient trouvées ? Lorsqu'une idée est dans l'air…

– À vrai dire, un conflit entre créateurs et responsables politiques peut se trouver dans d'autres récits, et jusque dans des bandes dessinées ou des films d'animation comme *Avril et le monde truqué* de Tardi. Mais il s'agit alors de mesures de coercition prises par les gouvernants à l'encontre des scientifiques. C'est moins troublant que le récit d'Ayn Rand, dans laquelle tous les penseurs sont d'accord entre eux et décident ensemble de leur commune attitude.

– Dans "1984" d'Orwell ?

– Pas vraiment, il ne reste guère plus d'esprits libres dans l'enclos de *Big Brother*. Un cas intéressant est celui du "Nuage Noir", *The Black Cloud*, du physicien britannique Fred Hoyle, romancier à ses heures.

» Un immense nuage sombre qui dérive dans l'espace vient s'interposer entre le soleil et la terre. Bientôt il apparaît que le monstre est un être pensant, et les plus grand esprits de la planète parviennent à établir une communication avec lui, espérant lui arracher des confidences sur le destin de l'humanité, la vie après la mort, etc. Ce dont ne veulent pas les gouvernants qui craignent de devenir moins nécessaires, et qui, par "principe de précaution" en somme, même si Hoyle n'use pas de ce terme, préfèrent bombarder le visiteur de têtes nucléaires. Mais les fusées rebroussent automatiquement chemin…

– Très fort le nuage !

— Les scientifiques enragent, détenus dans une sorte de camp de concentration au cœur des Highlands, en Écosse.

— Ils obtiennent leurs réponses du Voyageur spatial ?

— Non. Le plus doué des mathématiciens se tord de douleur devant l'écran de l'ordinateur sur lequel papillotent les secrets. Les hommes sont incapables d'assimiler ces révélations métaphysiques. Le Nuage s'éloigne.

— Triste destin que le nôtre !

— C'est une belle histoire. Mais les créateurs n'y sont qu'en lutte, pas en grève. C'est moins original.

— Politiquement, ça donne quoi, Ayn Rand ?

— En reprenant les propres termes de la dame, *"le laisser-faire capitaliste* et *la vertu d'égoïsme"*. Sa valeur suprême, c'est la création, dont le moteur, pas seulement le résultat, est le profit. Ses héros sont des inventeurs qui méritent les milliards que leur rapportent leurs innovations. Le partage socialiste lui apparaît comme une négation de la vie. Ce qui lui a valu des attaques venues de la gauche, et jusqu'à des accusations de nazisme, injustes cependant dans la mesure où elle a choisi les États-Unis et même Hollywood, et non pas l'Allemagne. Il est vrai qu'elle a témoigné à charge contre les scénaristes et réalisateurs accusés de sympathies communistes, mais je crois bien que son engagement était sincère. Elle voulait l'éclosion définitive d'un *Nouveau Monde*.

» Son bouquin est, dit-on, le plus grand best-seller de l'histoire américaine après la Bible. Il s'en serait vendu deux cent mille exemplaires chaque année depuis sa sortie en 1957 et un million à l'arrivée d'Obama à la Maison Blanche.


– J'en souhaite autant à ton apologue.

– Je n'ai pas commencé ! Si seulement je m'y mets un jour. Le succès n'est pas automatiquement lié à la valeur littéraire d'une œuvre ni à son efficacité prédictive. La qualité ne s'impose pas toujours, c'est au demeurant un peu le message désespéré, désespérant, du livre d'Ayn Rand. Je pense aussi à une autre grève du même genre, mais nettement plus effrayante, dont le manifeste littéraire est resté presque inconnu.

» C'est cette fois une pièce de théâtre du dramaturge de langue allemande Friedrich Dürrenmatt, *Die Physiker*, "Les Physiciens", publiée en 1962, donc cinq ans après *Atlas shrugged*. Je ne sais pas si le Suisse avait lu l'Américaine. Et au demeurant *The Black Cloud* aussi est sorti la même année.

– C'était dans l'air…

– Quelques hurluberlus sont enfermés dans une clinique psychiatrique gérée par une "maîtresse" monstrueuse qui préfère le fouet à l'éventail. Et puis on s'aperçoit que ces "malades" sont trois des plus grands savants de l'Histoire – Newton, Möbius, Einstein – et qu'ils ont eux-mêmes demandé leur internement pour ne pas risquer de produire, serait-ce à leur corps défendant, d'autres inventions atroces comme les bombes atomiques qui viennent d'être larguées sur Hiroshima et Nagasaki.

Les dernières tirades de Möbius sont terribles : *"À notre époque, le devoir d'un génie est de rester méconnu. Il ne peut travailler librement que dans une maison de fous. À l'extérieur, ses pensées sont de l'explosif !"* Et finalement : *"Ce qui a été pensé une fois ne peut plus être repris. Restera, gravitant, absurde, imperturbable, autour d'une petite étoile jaune sans nom, la terre radio-active."*

– Horrible "étoile jaune" pour dire le soleil ! Ça fait penser aussi à la disparition inexpliquée de ce scientifique italien un peu avant la guerre, sur un ferry parti de Palerme...

– Ettore Majorana, en 1938. Un ami d'Enrico Fermi, qui l'avait envoyé quelque années plus tôt rencontrer Heisenberg en Allemagne. On s'est demandé en effet s'il n'avait pas voulu fuir d'avance quelque effroyable découverte, une confidence diabolique de la Nature ...

– On a parlé aussi d'un possible enlèvement ?

– Ou d'un retrait définitif dans un monastère.

– Mais non, je sais ! dans une clinique ! À la vérité, il joue au bridge avec Newton, Möbius et Einstein ! Il leur manquait un quatrième. Ils ne font le mort qu'à tour de rôle !

– Qui joue avec qui ?

## 4.

### *Rire*

– Où en sont tes prisonniers bloqués chez eux par une grève universelle ?

– J'ai arrêté de leur donner corps pour l'instant. Ils ne sont que des esprits, pas même des graffiti. La femme de ménage burlesque m'a donné une autre idée qui m'a tenu éveillé.

– Une histoire drôle ?

– Tu ne crois pas si bien dire, mais la perspective est encore confuse. Nuageuse, comme le ciel. Je divague. J'attends les extraterrestres.

– Ne me dis pas que tu donnes dans ces fadaises !

– Tu parles comme tes profs. Rien n'est plus sérieux. Je ne suis pas qu'un éclaireur économique, cultivant à genoux dans la boue les légumes de l'avenir. Je suis un errant culturel, un "chemineau 2.0", *e-a-u*, pas *o-t*, je laisse passer les trains…

– Il y a de ça. Au moins 3.0 !

– Je colporte à pied. J'erre dans les friches délaissées et je moissonne les pensées interdites. Quelquefois une soucoupe se pose dans un terrain vague, entre ronces et orties. Imagine la tête du pape et des prophètes de Daesh si débarquaient quelques-uns de ces voyageurs inconnus, qui seraient nécessairement très intelligents pour avoir été capables de venir jusqu'à nous, mais qui n'auraient jamais entendu parler de Moïse, de Jésus-Christ, de Mahomet… de Darwin ni d'Einstein.

– Justement, il n'en débarque pas.

– C'est cela qui est anormal. Le nombre de galaxies, d'étoiles, de planètes, est tel que, même en accordant toute sa place au hasard, il serait invraisemblable que des formes de vies ne se soient pas développées ailleurs. Tu connais la phrase d'Enrico Fermi dont nous parlions l'autre jour, le prix Nobel de physique…

– *Where is everybody ?* "Où sont-ils tous ?"

– La question renouvelle un peu celle de l'existence de Dieu, dont des chapelets de millénaires n'ont guère levé le doute. Tandis que rien ne serait plus troublant que la découverte d'autres êtres réels qui ne nous auraient pas attendus… pour être. Plutôt que de reprendre la foultitude de raisons cherchant à expliquer leur silence, j'ai pris le problème à l'envers…

– Je te reconnais bien là !

– Je me demande si ce n'est pas notre quête qui est mal orientée. Nous lançons en permanence vers le ciel des messages angoissés, des capsules gravées, et nos astrophysiciens cherchent à imaginer quel sigle, quel dessin, quel son, pourraient être assez universels pour être compris de destinataires qui ne sauraient rien de nous…

– Mais tu as trouvé mieux !

– C'était là sous nos yeux, comme la lettre volée d'Edgar Poe. Je me suis simplement souvenu de ce "propre de l'homme" pointé par Rabelais…

– Le rire ?

– … que nos chers savants négligent. Parce qu'ils ne sont pas drôles, sans doute. Les deux propriétés qui définissent les humains dans le monde vivant et même dans le réel entier que nous connaissons, sont qu'ils sont les seuls à parler et à rire. Pour autant que nous le sachions, bien sûr…

– Ah ?…

– Va-t'en décider si les paramécies ne se gondolent pas en secret ! si l'annihilation conjointe d'un électron et d'un positron n'est pas à la vérité un éclat de rire de la Nature ! C'est fou ce qu'on traite peu de cette problématique. Les religions y sont peut-être pour quelque chose, tout au moins le christianisme, puisque, dans les récits que nous ont laissé ses disciples, Jésus ne rit jamais. En se faisant homme, Dieu paraît avoir oublié de se marrer. Si l'ange de la cathédrale de Reims nous trouble tant, c'est que précisément il sourit : anormalement en somme. Qu'est-ce qu'il voit ? à quoi pense-t-il ? que sait-il ? de qui ou de quoi se moque-t-il ?

– Tu veux faire glousser les *Élohim* ?

– Avérée ou au contraire déçue, l'information serait capitale.

– Comment t'y prends-tu ?

– Les techniciens de Nançay se mettent à balancer dans l'espace les paradoxes les plus absurdes et les meilleures histoires drôles en espérant voir surgir et se tordre quelques vaisseaux…

– L'humour, c'est comme Dieu, c'est culturel ? Si on n'est pas de la tribu, on ne rit pas ?

– Mon hypothèse est que les plus belles cocasseries sont des dénis de la logique. Laquelle prétend, depuis Platon et Aristote, à l'universalité.

– Descartes, Spinoza.

– Kant. Vois le troupeau de génies auxquels il faudrait distribuer des bonnets d'âne ! Ce qui me plaît dans ce défi, c'est qu'il m'oblige moi-même à dénicher une collection d'absurdités magnifiques. Si le CNES acceptait ce programme ce serait merveilleux de mettre les meilleurs des mathématiciens et des docteurs en physique théorique au travail sur ce terrain.

– Tu as un exemple ?

– La fameux syllogisme d'Ionesco dans son *Rhinocéros* : *"Tous les chats sont mortels, or Socrate est mortel, donc Socrate est un chat."* C'est plus sophistiqué que ne le laisse d'abord croire l'amusement de l'auditeur. Pour détecter la fausseté du raisonnement, il faut commencer par interroger le premier mot : ce *"tous"* ne s'applique qu'aux chats ; Socrate, précisément, n'en fait pas partie. Il y a des recoupements mais non identité entre l'ensemble des chats, celui des hommes, celui des philosophes, celui des êtres mortels. Avant même de suivre l'enchaînement des propositions, ce début qui n'a l'air de rien touche à la topologie et à la science des groupes, qui sont deux domaines éminents des mathématiques. Dans la pièce le problème se complique par la considération du nombre de pattes. Du coup, l'un des protagonistes ne voit plus où est le problème car il a bien un chat qui s'appelle Socrate !

– Ha ! et ça ferait rire aussi les petits hommes verts ?

– Des méduses plutôt, avec des filaments et des trompes, comme dans *La Guerre des Étoiles*. S'ils s'esclaffaient, quelle lumière jetée sur le réel !

– On pourrait y ajouter la fameuse suite absurde de Borges, farcie de recoupements et de redondances, qui distingue comme s'ils s'excluaient, les animaux *"appartenant à l'Empereur, embaumés, apprivoisés ; cochons de lait, sirènes, fabuleux, chinchards... »*

– Je l'ai là : *"... chiens en liberté, inclus dans la présente classification, qui s'agitent comme des fous, innombrables, qui sont dessinés avec un pinceau très fin en poils de chameau, qui viennent de casser la cruche, et cœtera"* – c'est une catégorie, *"et cœtera"*, mais ce n'est pas la dernière – il y a encore *"qui de loin semblent des mouches."* Génial ! le meurtre d'Aristote !

– Mais, à mon avis, c'est trop subtil, trop abstrait pour attaquer ton récit. Qui sait s'ils ne sont pas stupides, tes lecteurs extraterrestres ?

– Ce serait terrible, magnifique et impayable : la conclusion ultime de toute la recherche humaine serait qu'en définitive l'univers est complètement con !


– Il faudrait commencer en douceur par une petite "histoire drôle", avant de déclencher ces méditations philosophiques.

– Aide-moi ?

– Il m'en vient une que Meissonnier nous a racontée l'autre jour à la fin du cours…

– Alors je n'en veux pas.

– Jaloux !

> *Un Blanc de passage dans un pays d'apartheid cherche une chambre pour une nuit. Mais il n'en reste que dans les hôtels réservés aux Noirs. Le voyageur se tartine donc de cirage et demande à la réception qu'on veuille bien le réveiller à six heures. Hélas, le lendemain matin, à la gare, on lui interdit l'accès à la place qu'il a louée dans un wagon pour Blancs. Est-ce qu'il ne se serait pas suffisamment lavé ? Il se frotte le visage pour en enlever les dernières traces de cirage. Horreur ! la couleur persiste ! Le concierge s'est trompé, il a réveillé un vrai Noir.*

– "Trop beau !", comme disent aujourd'hui les enfants. Ça ne peut pas être de Meissonnier, il est incapable d'un tel chef-d'œuvre !

– Les histoires drôles n'ont pas d'auteur. Elles ont été tant racontées, relayées, transformées, que l'identité du premier créateur s'est perdue.

– Si ce n'est Dieu, c'est donc le Diable.

– Lui ricane.

– C'est toi qui le dis, qui répète les médisances des "maîtres-penseurs". En fait, c'est une hypothèse intéressante d'imaginer que, au spectacle du réel, des choses telles qu'elles sont dans l'univers et sur la planète des hommes, le Diable rit gentiment, sans agressivité. Comme l'ange de Reims.

– Tu avances, ça prend forme. On dirait un sujet pour Houellebecq.

– J'ai peur de ce que j'aperçois... Si le rire est bien une propriété exclusive qui définit l'humanité, son absence sur les lèvres et dans la poitrine du Christ pose un problème métaphysique. Dieu ne se serait pas vraiment fait homme ? »

Erwan s'est redressé et dévêtu à son tour. Mélanie le regarde ôter son slip, libérer son sexe déjà dressé tout en continuant à méditer. Elle se positionne à plat dos, ouvre les jambes, s'enivre à l'avance de l'odeur du garçon. Peau, liqueurs chaudes à venir, effondrements, fusion. Il réfléchit encore, un genou entre ceux de son aimée.

« Tu me fais languir.

– En amour, par exemple, nous ne sommes pas les seuls concernés. Les singes, les rats, les amibes *feuquent* à tour de bras, de gènes, de muqueuses. C'est le règne de la géométrie depuis les premiers instants du Big Bang : une bosse qui comble un creux, c'est déjà ça ; un plus qui s'éclate avec un moins, ça décharge...

– Quelle poésie !

– En revanche, l'apparition du rire inaugure une nouvelle phase dans l'Évolution.

– Il y a eu mutation. Inonde-moi.

*

» J'ai dormi. Il faut que je rentre. Le jour va se lever.

– Attends, moi j'ai rêvé, il m'est encore venu un prolongement dément, donc peut-être juste. J'ai entendu cet après-midi à la radio un toubib mentionner une étrange maladie qu'on appelle "le syndrome de Tourette"…

– Sacré caca boudin de vomissure de couille !

– C'est ça. Le malade va bien, il ne présente aucun signe de dérangement mental sinon celui-là. Au milieu d'une phrase, quels que soient le lieu, le moment et son interlocuteur, il déverse soudain une cataracte de grossièretés. Mon idée est de faire prendre cette bizarrerie pour la normalité…

– Par quels innocents ?

– Par les extraterrestres, bien sûr ! Leurs éclaireurs ont atterri sur le toit d'un centre médical qu'ils ont pris pour l'Élysée ou la Maison Blanche. Ils sont tombés sur un patient Tourette dans lequel ils ont vu un personnage très important, peut-être le président de la planète, et ils ont adopté son langage. Comme ils sont très doués, ils apprennent vite, ça se diffuse à la vitesse de la lumière, et bientôt toute la galaxie bruisse de *shit*, de "merde", de jurons cosmopolites…

– Très doués, mais un peu nuls, tout de même, tes visiteurs !

– Je ne suis pas de ton avis. Ils ne pensent pas comme nous, ou bien c'est nous qui ne pensons pas comme eux. Considère ce qu'ont cru Ptolémée ou les alchimistes, et ce que croient encore nos contemporains…

– … que la mer Rouge s'est ouverte devant les juifs…

– … que Jésus et Mahomet sont montés au ciel, qu'une fois morts nous ressusciterons. Et pourtant les mêmes humains que nous sommes construisent des centrales nucléaires, inventent l'informatique, lancent des satellites. C'est vrai aussi des toubibs : ils savent des tas de choses mais ce sont de bien médiocres *medicine men*, incapables de considérer et de soigner le corps dans sa globalité.

– Je me sens visée…

– Je ne sais pas s'il existe des *medicine women* chez les Indiens des plaines.

– Des sorcières, diraient nos prêtres et nos juges.

– Tu n'es pas encore installée. Il te reste quelques années de jeunesse avant de te pétrifier.

– Quand je serai de pierre, tu me sculpteras.

– Promis.


– Tu crois que les extraterrestres donnent à l'occasion dans le scatologique comme nous ?

– Si l'entropie, l'usure de l'énergie, est une réalité universelle, ils pourraient connaître la production de déchets ? Quant à savoir si ça les fait rire, d'abord il faudrait qu'ils rient et ensuite je n'en sais rien !

– Je devrais être mille fois partie, mais il me revient un souvenir qui joint ta recherche d'histoires drôles à l'évocation de monsieur de la Tourette. Ça n'a plus rien à voir avec des visiteurs galactiques, c'est d'ici.

– Dis toujours.

– C'est scato.

– De ta part c'est déjà drôle.

– Ce n'est pas de moi, c'est d'un petit garçon très mignon.

– Présente-le !

– Je déjeunais dans un restaurant très chic de La Baule…

– Non, à Cabourg, chez Proust.

– Si tu veux. Chez Prout alors, l'auteur de *La Recherche* me le pardonne ! Les convives comptaient nombre de bourgeois guindés s'extasiant exagérément sur chacun des plats qui leur étaient proposés, et d'autre part une jeune maman élégante déjeunant seule avec son charmant bambin de quatre ans.

– Le fameux auteur.

– Le gosse ne tenait pas en place, courait entre les tables, suscitant sourires crispés et regards courroucés. Au milieu du repas, un homme portant lavallière se lève, abandonnant son épouse en robe de prix, disparaît en direction des toilettes, puis revient s'asseoir quelques minutes plus tard. Alors le gamin qu'aurait pu imaginer un autre Andersen s'approche du couple maniéré, pose ses petits bras croisés sur la nappe qui lui arrive au niveau du menton et lance d'une voix claire au milieu des chuchotements compassés : "Tu as fait pipi ou caca ?"

– Houp ! Regarde l'extraterrestre là-bas dans le coin, il se tord ! Il ne m'étonnerait pas que cet enfant fasse carrière à l'avenir. Au music-hall. Ou dans quelque savante académie.

— Je parie que tu ne mettras pas cet aparté dans ton livre.

— On verra.

**5.**

*Croire*

– Qu'est-ce que tu préfères écrire ? des réflexions ou des fictions ?

– Tu veux dire : des vérités ou des fariboles ?

– Un peu.

– Les reportages peuvent être mensongers et les fables révélatrices.

– Sans doute. Le *story telling* est à la mode. Les hommes politiques constatent, paraît-il, qu'il est plus efficace de raconter des histoires aux électeurs que de leur exposer un programme.

– J'ai d'autres raisons de me méfier des démonstrations. Comme tout le monde il m'arrive d'avoir des idées qui pourraient trouver place dans une conversation, dans un journal ou un essai. Mais je n'aime pas trop "avoir raison", dans la mesure où la vérité s'en trouverait réduite.

– Menteur !

– Je me méfie de l'intrigant que mes héritages peuvent faire de moi. Je fuis les simplifications dont l'élégance enivre. L'idée d'une équation unique qui régirait la totalité du réel obsède les scientifiques, qui ne voient pas assez que c'est là un espoir religieux. Et puis, au dernier moment, quand le chef-d'œuvre s'offre enfin aux regards, il apparaît que c'est un château de cartes qu'une moisissure cachée fait s'écrouler. Au tout début du XX$^e$ siècle, Lord Kelvin aurait déclaré « la physique terminée, à part une petite difficulté sur le rayonnement du corps noir ». De cet achoppement de détail devaient sortir toutes les théories ultérieures, la Relativité, la Mécanique quantique, etc. La sagesse n'est-elle pas alors de s'inclure dans les fautifs ou les égarés ? La troupe est prestigieuse, riche en prix Nobel.

– Que le monde reste ouvert et mystérieux, gros de solutions impensées !

– L'erreur se fait moins lourde si elle n'est qu'une possibilité. En donnant corps aux rêves, c'est la fiction qui sert la diversité. Puisque "la vérité" se dérobe comme une danseuse de bal masqué, prêtons-lui les robes changeantes de Peau d'Âne…

– Couleur de lune ou de soleil…

– Je crois que les hommes se sont toujours raconté des histoires depuis que le langage leur est venu ; et que c'est pour s'en raconter qu'ils ont installé cette machinerie dans leur corps, ou qu'ils l'ont laissée s'installer. C'est désormais la définition de leur espèce, ils sont les seuls à parler. Rousseau dit que c'est "la passion", le sentiment, non la raison, qui leur a d'abord libéré les lèvres ; et qu'ils ont commencé par la poésie, par les chansons.

– Difficile pour "passe-moi le gigot" ou "occupe-toi du gosse" !

– Des cinéastes l'ont fait : *"Le marchand de couleurs s'il vous plaît ? – C'est la porte à côté !"* Les auteurs d'opérettes. On essaiera toute une journée en chantant.

– Sur "faisons un câlin", la mélodie est toute trouvée, un peu gémissante…

– Sans qu'il l'exprime clairement, Jean-Jacques est sans doute l'un des premiers à deviner que ce n'est pas parce que nous pensons que nous parlons mais bien parce que nous parlons que nous pensons. Les cris sont devenus des mots qui ont automatiquement porté des concepts. Si tu associes à un objet le son *table* et si tu le maintiens aux présentations suivantes, tu récoltes du même coup toutes les tables possibles, hautes, basses, en bois, en fer. Le son est maintenant un mot, "le signifiant d'un signifié" comme disent les linguistes. En revanche, je ne crois pas que Rousseau remarque plus que Descartes que ces langues qui se sont formées en nous formant sont des outils collectifs. Entre l'individu et l'ensemble de l'humanité, il manque à ces deux génies le niveau intermédiaire des communautés culturelles. Pour pouvoir se dire "je pense, donc je suis", même seul devant son miroir, il faut avoir hérité d'une langue, il faut avoir rencontré les autres.

– Le mot a mauvaise presse en France…

– Lequel ?

– "Communauté".

– Sauf s'il s'agit de la communauté nationale française, vantée sur tous les tons ! C'est un parti pris mesquin, qui manque de bienveillance et de grandeur. À toute langue correspond nécessairement la famille de ses locuteurs. Chaque culture est un chemin particulier vers des valeurs communes à l'espèce entière. Il est assez sot de limiter l'univers à un petit hexagone, de se priver ainsi d'air frais et de bien des richesses…

– "Le monde est autre", c'est comme "je"…

– Bien vu ! Rimbaud est d'accord, il applaudit depuis l'Abyssinie.


– Tu disais que les humains ont commencé par se raconter des histoires. Depuis quand ? Les *sapiens* déjà ?

– Considère les plus grandes œuvres du passé. Quels ont été les premiers textes qui ont été jugés dignes du support de l'écriture pour parvenir jusqu'à nous ? des fictions poétiques ! *L'Iliade, l'Odyssée, l'Énéide,* les *sagas* nordiques, *la Divine Comédie, le Paradis perdu.* Des pièces de théâtre, d'Euripide, de Sophocle, d'Aristophane. Des romans : d'abord encore en latin comme *le Satyricon* de Pétrone ou *L'Âne d'or* d'Apulée ; bientôt en anglo-normand, en français, *La Chanson de Roland* ou *Le Roman de Renart.* En attendant les *blockbusters* de l'édition et du cinéma jusqu'aux temps les plus actuels : *La Matière de Bretagne, Pantagruel* et *Gargantua, Don Quichotte de la Manche,* les tragédies de Shakespeare, les comédies de Molière, *À la recherche du temps perdu, Ulysses.*

» Certaines compositions étaient même sans doute orales à l'origine. Dans *l'Odyssée* un aède du nom de Démodocos chante des scènes de la guerre de Troie qui ne figurent pas toutes dans *l'Iliade*. Au demeurant il ne peut pas les avoir lues puisqu'il est aveugle, comme Homère lui-même, qui les a produites !

– Belle énigme ! Coquin d'Homère !

– La question n'a pas davantage échappé au prince des philosophes, le rusé Platon…

– Pourquoi "rusé" ?

– Parce que précisément ce paradoxe colore toute son œuvre, à laquelle il donne la forme de dialogues entre amis, voire entre fêtards ; et non pas celle de ces exposés abstraits que priseront ultérieurement les tristes professeurs bien oublieux de la malignité de leur maître. Quelle énormité à l'aube de toute notre scolastique universitaire !

» Le coquin, comme tu dis, confie par écrit la défense de ses "Idées" éternelles à Socrate le bavard, auquel il fait même dresser, dans le *Phèdre*, un réquisitoire contre les méfaits de l'écriture ! Sans oublier les petits contes qu'il sème de-ci de-là dans ses propos théoriques, tel celui de *la Caverne* ou l'impayable sotie des premiers hommes en forme de boules.

– J'ai dû voir ça en Terminale.

– C'est dans *Le Banquet*, une beuverie entre copains, où il fait soutenir par Aristophane que nous serions toi et moi les deux moitiés d'un être hermaphrodite sphérique, tranché par Zeus. Je te passe la chirurgie réparatrice d'Apollon ramenant les organes sexuels sur l'avant…

– Ce n'est pas si différent du couple d'Adam et Ève ?

– Hé ! mais dans la Bible Dieu paraît ensuite se sentir

menacé par la complicité des deux cocos, tandis que chez Platon c'est plus simple, bien trivial à vrai dire : le désir de l'autre, chez chacun de nous, ne découlerait que de notre volonté commune de reconstituer l'obèse d'origine. On trouve cette extravagance amusante ou navrante de stupidité, mais plus qu'une doctrine c'est une narration. Si tu deviens sexologue, tu auras du mal à soigner les gens avec ça, mais si tu montes sur scène tu pourras essayer de les faire rire.

– Et avant Platon, avant Homère, ça marche encore ?

– Comment donc ! Avant que lesdits *sapiens* ne formulent des idées proprement dites, avant qu'ils ne réunissent des règles de conduite dans des catéchismes, ce sont d'abord des récits d'aventures qui ont façonné leur pensée et leurs comportements : de grands cycles mythiques contant, pour chaque civilisation, les malheurs des ancêtres et les exploits des dieux. Dans l'épopée de *Gilgamesh*, le héros combat le géant Humbaba, refuse les faveurs de la déesse Inanna, se fait voler l'immortalité qu'il avait trouvée sous la forme d'une plante marine. Dans les deux cent cinquante mille vers du *Mahâbhârata* indien, les Pandavas affrontent les Kauravas dans une guerre sans fin sous le regard de Krishna, huitième avatar de Vishnou. Les murailles de Sumer se sont écroulées, mais l'Inde est toujours vivante.

» Considère d'un œil dégrisé la stupéfiante *Genèse* biblique, que revendiquent aujourd'hui comme hier une moitié des humains, et notamment de nombreux citoyens de la première puissance mondiale. Si tu étais juge, accepterais-tu cette plaidoirie soutenant qu'Ève s'est arrachée au corps de son homme ; qu'elle s'est malheureusement fourvoyée en mangeant, sur le conseil d'un serpent, d'un fruit interdit supposé lui valoir la connaissance du bien et du mal ; qu'elle a découvert en punition la gêne de l'impudeur et les douleurs de l'enfantement ? Les tomes suivants qui ouvrent le christianisme valent ces prémisses. On dirait du Feydeau. Marie conçoit en se passant de son futur mari, lequel menace bien de répudier sa promise mais accepte finalement la médiation conciliatrice d'un ange ou de Dieu lui-même. Puis, une étoile guide trois rois réputés "mages". Jésus marche sur un lac, multiplie les poissons et les pains, change l'eau en vin, fait de ses fidèles des cannibales virtuels en leur proposant de consommer sa chair et son sang, décide de souffrir sur la Croix mais sort vivant de son tombeau. Est-ce qu'un romancier aurait une chance de décrocher le Goncourt en publiant un tel galimatias ?

– Peut-être ! C'est brillant ?


– Un thème réunit les philosophes antiques et les théologiens d'à peu près toutes les religions, c'est celui de *l'âme*. S'ils n'en faisaient qu'un autre nom de la personnalité de chacun, survivant par exemple dans la mémoire des proches, on n'y trouverait rien à redire. Mais nombre d'entre eux ont prêté à cette chimère une forme de réalité matérielle. Jusqu'à Descartes, le messager du bon sens français, qui l'a déclarée "plus substantielle que la chair". On la veut immortelle, on parle de son "départ" à l'heure de la fin du corps. Il y aurait donc quelque part des norias d'âmes en attente d'une première incarnation ou d'un retour sur terre... Comment de telles conceptions ne mèneraient-elles pas à refuser l'apport de Darwin, voire même toute idée d'évolution du vivant ?

– L'homme ne peut pas descendre du singe puisqu'il est déjà là, tout prêt.

– Toi-même, l'autre jour, tu as parlé de l'enfant que nous aurons un jour comme d'"une nouvelle âme". Je me suis demandé ce qui t'apparaîtrait entre les jambes : un petit nuage ?

– Un bébé potelé ! tout enduit de mon intérieur. Avec de gros yeux, des lèvres minces, de jolis doigts minuscules prolongeant des avant-bras boudinés.

– Je t'aime.


– Il y a une raison de fond à ce règne des fictions ?

– Leur capacité, sans doute, à se jouer des entraves de la raison ; à accueillir d'improbables événements, merveilleux ou funestes, que nous espérons en vain au fil des jours réels. Qu'est-ce qui rend un destin passionnant ? des coups de théâtre aussi décisifs qu'imprévus.

– Quelque chose se produit hors de toute prédiction, et c'est parti pour deux cents pages ou quatre-vingt-dix minutes de film !

– Sinon pour quatre-vingts ans bien réels. Les histoires sont le visage extérieur et collectif des rêves qui occupent nos cerveaux de malheureux solitaires. Dans les romans on gagne au Loto.

– Dans la vie aussi ?

– Non. Tu as, je crois, une chance sur treize millions de décrocher le jackpot. Si tu joues treize mille fois, tu n'auras encore qu'une chance sur mille de gagner. Ce nombre est aussi celui des secondes qui s'écoulent en six mois. Pour devenir riche, il faut trouver le seul bon moment de ces deux cent jours et d'autant de nuits où dire "top !". N'oublie pas de te réveiller !

– *Il suffit* de le trouver.

– C'est le piège du Diable ! Comme il y a aussi des millions de joueurs, les probabilités réclament qu'il y ait de temps en temps un élu. Ça n'a de sens que sur une foule. Pour chacun, c'est un espoir impossible.

– Sauf dans une fiction !

– Chez les juifs, ça prend l'allure de l'attente du fameux Messie. L'un de leurs plus grands esprits, le médecin philosophe de langue arabe Moïse Maïmonide, a dit qu'on saura s'Il doit vraiment venir le jour où Il viendra… Les mathématiciens ont théorisé ces "points singuliers" improbables qui modifient sans préavis situations et trajectoires sous le nom de *catastrophes*. Ce sont toujours des changements sans retour, les conditions de leur déclenchement ne se reproduiront pas. Quand la bille du réel en équilibre sur une crête "choisit" de basculer vers l'une des deux pentes, l'autre restera à jamais inconnue…

– Voir Kerouac. *Qu'est-ce qui m'attendait de l'autre côté ?*

– Mais l'aventure commence dans la direction empruntée. Ces coups de théâtre fascinants sont des apostrophes du temps, qui permettent de l'éprouver, de dialoguer avec lui. L'expression dont usent les scientifiques pour évoquer l'impossibilité de prévoir l'avenir, sa dépendance des détails du présent, c'est "la sensibilité aux conditions initiales".

– Un papillon agite ses ailes, déclenchant un orage à terme aux antipodes…

– Sans aller si loin, quelques gouttes de pluie te retiennent chez toi au moment d'aller jouer au loto, ou bien un souvenir te mène à changer l'un des numéros de ta formule, et le réel bascule. Tu deviendras ou tu ne deviendras pas la bienfaitrice qui aurait infléchi le destin de l'humanité…

– Je t'aimerai quand même, dans tous les cas.

– Je me demande si tu as bien suivi !

*

– J'ai des questions, moins abstraites que tes dissertations.

– Je t'en prie.

– Ce règne des histoires, c'est pour le meilleur ou pour le pire ?

– C'est selon. Il suffit de repenser à l'ambiguïté des rêves qu'elles démarquent. Si tout garçonnet espère revivre le destin d'Œdipe, tuer son père et épouser sa mère, peut-être *le petit Chaperon rouge* recherche-t-il secrètement les faveurs du loup ?

– Plus sinistrement, en voyant tous ces beaux adolescents nés dans des pays en paix se ceindre d'explosifs, comment ne pas penser à la "pulsion de mort" débusquée par Freud dans nos inconscients ?

– À partir des mêmes récits le christianisme a produit aussi bien les assassins des croisades et les affreux inquisiteurs que des saints comme l'abbé Pierre ou Mère Teresa. Même diversité dans les lecteurs du Coran. Ils lisent et répètent que Mahomet est monté au ciel sur sa jument Borak, mais tous ne se sentent pas une âme de kamikaze.

– Difficile d'en parler depuis une autre conscience. Je crois que Tocqueville soulignait déjà la difficulté dans ses réflexions sur la démocratie…

– D'où tu sors ça ?

– *De qui* je sors ça ?… De Meissonnier.

– Grrr !…

– Un jeune Français qui part combattre pour Daesh en Irak ou revient commettre des attentats à Paris utilise des fusils, des grenades, des roquettes sortis d'ateliers modernes, qui nous sont communs. Mais il rejoint en vérité l'armée d'Allah, que je ne connais pas. C'est cet engagement personnel qui lui donne espoir et force. Soixante-douze vierges recevront au paradis chacun des martyrs qui se seront fait exploser…

– "Au-delà de cette limite, nos tickets ne sont plus valables", je préfère Romain Gary… Sexualité, dialogue et rêve, imagination, humour, sont des affaires de vivants.

– Encore qu'il faille dans ce cas mesurer le poids de l'aventure. C'est plus séduisant d'aller voir du pays, de retrouver l'excitation des jeux vidéo, de se sentir chevalier *jedi* habité par "la Force" que de dépérir à vie devant le mur du *no future* ; de pointer sans espoir à l'Agence pour l'Emploi, ou même de se satisfaire d'un uniforme de smicard.

– J'ai aussi bien dans le camp d'en face. Aux États-Unis, le président élu, protégé par la formidable armada de l'armée américaine, en posant la main sur la Bible, promet à ses concitoyens qu'ils ressusciteront un jour.

– Il n'emploie pas ces mots ?

– Saint Paul l'a déjà fait pour lui. La *Première Épître aux Corinthiens* fonde le christianisme sur cette croyance : *"S'il n'y a pas de résurrection des morts, ma prédication est vide et vide aussi votre foi."*

– Tu aurais aussi bien pu t'arrêter à Poutine revenu du KGB dans les églises orthodoxes.

– Certes. La politique est un autre réservoir d'histoires invraisemblables.

– L'enfant de chœur géorgien Joseph Staline, devient à la fois le "petit père des peuples" et un meurtrier de masse, persécuteur de croyants comme d'authentiques communistes auxquels ses tribunaux parviennent à arracher des aveux de culpabilité.

– Un peu moins sinistre, mais non moins fou : des scientifiques enivrés des pouvoirs de la raison n'hésitent pas, comme Lyssenko, à pondre de fausses théories pour assurer le triomphe de leur foi.

– Plus littéraire : les fonctionnaires de la STASI d'Allemagne de l'est, envoient des *Roméo* à l'ouest séduire des secrétaires et transformer ces *Juliette* en espionnes.

– Les jacobins français, de leur côté, qualifient volontiers leur doctrine de "roman national". Certains d'entre eux s'attachent même à donner, une fois par an, à la grande fresque de Tite-Live, de Hegel, de Michelet, l'allure d'une blague de Marius et Olive. Quel aveu que le même mot d'*histoire* serve dans les deux cas ! Chaque 21 janvier, ces hautains révolutionnaires fêtent l'anniversaire de la décapitation de Louis XVI par un "banquet républicain" où ils se font servir de la tête de veau.

– Affreuse bouffonnerie ! Mais ce n'est plus qu'un simulacre ? C'est moins grave que d'égorger des otages au couteau et de diffuser avec fierté les images de ces supplices ?…

– L'argument serait plus fort si le renoncement d'Abraham au sacrifice d'Isaac avait vraiment ouvert une paisible éternité. Cette sinistre plaisanterie de Dieu appelant puis retenant la lame du père sur la gorge de l'enfant paraît certes, dans un premier temps, proposer de remplacer les victimes humaines par des animaux, puis ultérieurement les actes par des récits. Mais à la vérité elle inaugure une autre source de conflits tout aussi lourde de menaces : s'affronteront désormais les tenants des divers « textes sacrés ». Les histoires vont justifier les violences au lieu de s'y substituer.

— Ce mot de *simulacre* m'a toujours fait un peu peur, je ne sais pas pourquoi. J'ai envie de le fuir plutôt que de l'écouter…

— Oublions-le. Rien de nouveau chez les *sapiens*. Les horreurs de nos "Nations Unies" poursuivent celles qui se sont déchaînées aux temps anciens ; pendant les croisades chrétiennes ou les conquêtes arabes ; sous le soleil de la Révolution française, messagère des Droits de l'Homme ; dans les terribles paradis communistes ou nazis. À Rome, à Carthage, en Gaule, on a souvent pratiqué l'extermination totale des vaincus, comme celle des pacifiques yézidis par les djihadistes de Daesh. Rappelle-toi le cri des croisés franciliens contre leurs frères albigeois : "Tuez les tous ! Dieu reconnaîtra les siens !" À Nantes, le sinistre Carrier saluait l'âge nouveau en faisant enfermer les prêtres et leurs fidèles dans des bateaux avant de les couler. En plein vingtième siècle encore, la France guillotinait toujours allègrement les Algériens qui osaient relever la tête. Et ça continue, dans les palais de Riyad : au sabre !

— En Palestine ?

— Il vaut la peine de s'y arrêter. Dans le passé les juifs ont été plus souvent victimes que bourreaux, mais on trouve cependant dans leur Bible quelques massacres dont ils se seraient rendus coupables. Tel celui de soixante-quinze mille Perses dans l'ancien Iran du roi Assuérus et de la belle Esther.

— Les ayatollahs de Téhéran doivent rêver de venger ces anciens  compatriotes… qui n'étaient pas encore musulmans !

– D'autant que c'est cette tuerie que célèbre toujours, serait-ce sur un mode burlesque, la fête de *Pourim*. Il reste même aujourd'hui des juifs qui demandent la reprise des sacrifices animaux à Jérusalem : dans le Temple reconstruit à la place du Dôme du Rocher et de la mosquée al-Aqsa…

– Les pierres voleraient de nouveau ! Sinon pire.

– C'est compliqué. L'existence d'un "État juif" est une sorte de réparation des horreurs de la Shoah. Mais il est vrai que cet Israël tant désiré menace, une fois établi, la merveille de trois mille ans de diaspora, d'une dispersion contenue par la seule force du récit biblique, par le souvenir d'une origine rejouée dans des fêtes rituelles.

– *"L'an prochain à Jérusalem"*…

– Ce ne fut pendant des siècles qu'une prière virtuelle qui aidait à vivre. L'identité culturelle résistait à l'éparpillement et même s'en nourrissait. Mais voici qu'aujourd'hui il faut défendre des frontières réelles et revendiquer une forme de fermeture tant ethnique que géographique. Construire des prisons. Faire la guerre.

– Revenons aux histoires !

– D'autant que, sur ce plan, les juifs, toujours eux, se détachent absolument en magnifiant l'étude inlassable, le commentaire infini. Et en conservant dans leur patrimoine des épisodes qui ne leur donnent pas toujours le beau rôle. Dangereux mais superbe ? la classe !

– Le peuple revenant à l'adoration du Veau d'or pour

la plus grande colère de Moïse ?

— Encore que ce ne soit là qu'une erreur collective finalement surmontée. Tandis qu'il existe des pages stupéfiantes, proprement romanesques, dans lesquelles les responsables de vraies malversations sont personnellement désignés sans être désavoués.

— Raconte.

— Tu passes la vie d'Abraham qu'on peut tenir pour le père des trois monothéismes, tu oublies sa vie compliquée avec sa femme Sarah et sa servante Agar, tu sautes le terrible épisode du faux sacrifice de son fils. Et tu crois repartir apaisée en filant le destin du petit bonhomme épargné. Or, des décennies plus tard, voici Isaac devenu vieux à son tour. Sa femme Rebecca lui a donné deux fils jumeaux : Esaü qui, sorti le premier du giron maternel, bénéficie du droit d'aînesse, aime la chasse et l'emporte dans le cœur de son père ; et Jacob, un agriculteur plus doux mais plus roublard que préfère sa mère et que Dieu va élire…

— Rien de si scandaleux ?

— Je passe sur l'épisode bien connu du plat de lentilles pour en venir au pire. Avec l'aide de sa mère, le cadet va jusqu'à se coller des poils de gibier sur le visage pour se faire remettre l'héritage de la famille par le vieillard devenu aveugle, qui croit avoir affaire à l'aîné.

— Le chasseur est encore un ancien *homo* frustre, tandis que l'éleveur annonce les futés *sapiens*. Privilégier ce dernier, c'est faire un pari sur l'avenir ?

— Peut-être, mais d'autres obscurités attendent le

lecteur. Quand Jacob veut revenir vers son frère, apparemment pour obtenir son pardon, un personnage à l'identité non précisée, ange ou diable ou simple gardien, se dresse sur son chemin, avec lequel il doit lutter. Contrairement à ce que pourrait laisser deviner une morale trop simple, Dieu baptise le chenapan du nouveau nom d'Israël, tandis que la descendance d'Esaü se voit maudite.

– C'est une bien vieille histoire ?

– Détrompe-toi. Aujourd'hui encore les juifs se réaffirment héritiers de Jacob en refusant de consommer toute viande proche du nerf sciatique des animaux de boucherie qui leur évoque la hanche luxée de leur ancêtre dans son combat avec l'ange.

– Quelle morale aperçois-tu ?

– Loin de moi l'idée d'en proposer une et de juger qui que ce soit ! Qui serions-nous pour oser nous mêler de ce mélodrame qui tenait en réserve une dimension à laquelle nous n'avions pas accès ?

– Laquelle ?

– La complexité ! l'intérêt d'une histoire obscure ! C'est ce que je voulais te dire en t'affirmant que je préfère presque avoir tort que risquer de réduire l'épaisseur du monde…

– "Presque" ! Je pensais de mon côté en t'écoutant que les mensonges eux-mêmes peuvent donner des récits troublants. C'est peut-être ce que signifie ce reproche souvent opposé aux menteurs de "faire des histoires".

– Encore faut-il distinguer les mensonges volontaires des "délires sincères", auxquels croient leurs énonciateurs. Souligner l'absurdité des mythes religieux – les naissances virginales, les miracles, les montées au ciel – ne doit pas pour autant mener à nier leur beauté ni leur rôle dans l'établissement de morales fraternelles. Ma vieille tante décédée l'an dernier, une délicieuse personne au cœur sur la main, avait un jour piqué une crise de colère contre le recteur de sa paroisse qui avait osé mettre en doute que Jésus fût bien né un vingt-cinq décembre à minuit : devait-elle en déduire qu'on l'avait trompée toute sa vie ? Même dans ce cas, ni sa gentillesse ni sa droiture n'en auraient été affectées. Les fidèles fondent dans leur foi leur amour du prochain, mais les incroyants peuvent être aussi philanthropes sans le secours de ces légendes.

– Donc, elles ne servent à rien ?

– Elles servent à ceux à qui elles servent ! Nous constatons leur existence dans le passé et le présent des hommes sans postuler leur nécessité à l'avenir. En fait, je crois qu'elles nous ensorcelleront toujours parce qu'elles découlent de la nature même du langage. Il faut bien avoir quelque chose à raconter !

– Qui donc ? Les hommes politiques ?

– Les philosophes, les romanciers, les amuseurs ! Si de petites flammes n'apparaissent pas au-dessus de nos députés, peut-être nous expliqueront-ils cependant, comme certains professeurs américains, que "l'Histoire est finie" et que la démocratie va s'imposer partout ?

– En attendant la naissance de Daesh… Tu connais la phrase de Freud s'effrayant secrètement des applaudissements qui l'accueillent à son arrivée aux États-Unis : *"Ils ne savent pas que je leur apporte la peste."*

– Sans oublier celle de Jésus : *"Je ne suis pas venu apporter la paix mais le glaive."*

– Mystérieux.

– Il se répète dans les évangiles de Matthieu et de Luc pour dire que chacun doit préférer Dieu à sa propre famille.

– C'est un plaidoyer universaliste ?

– En somme. *"Je suis venu mettre la division entre l'homme et son père, entre la fille et sa mère, entre la belle-fille et sa belle-mère. Qui aime son père ou sa mère, son fils ou sa fille plus que moi, n'est pas digne de moi."*

– Drôle d'histoire !


– C'est le mot. Il faut s'en tenir à l'élégance des fictions, à leur intérêt littéraire. Lorsqu'on pose la question de leur vérité, le diable pointe le nez, prépare ses drogues et ses instruments de torture. Deux exemples permettent d'apercevoir les délires monstrueux que les hommes hallucinés sont capables de produire : au niveau de l'espèce comme à celui des communautés. L'existence des fossiles ne décourage pas les créationnistes américains de croire à la lettre du récit biblique. Pour eux, la Terre n'a que cinq mille ans, Dieu n'y a semé quelques dessins de coquillages ou quelques empreintes géantes que pour décorer son œuvre…

– Non ?

– Si. Et n'y lis pas un aveu d'impuissance. Une fois leur explication avancée, ils y trouvent au contraire une preuve de l'existence du Créateur puisque c'est là la trace de ses travaux… C'était déjà, au demeurant, l'idée de Chateaubriand qui, dans son *Génie du Christianisme*, affirme que *"Dieu a créé le monde avec toutes les marques de vétusté car, sans cette vieillesse originaire, il n'y aurait eu ni pompe ni majesté dans l'ouvrage de l'Éternel ; la nature eût été moins belle."*

– Drôle de "génie" ! le monde comme vieux bébé, né tout ridé !

– Aux critiques qui font observer que ces raisonnements mènent à faire de Dieu un menteur disposant des indices susceptibles d'égarer les observateurs, les groupies ont beau jeu de répondre que seuls sont des menteurs les hommes comme Darwin qui ne croient pas à la Bible puisque c'est la vérité !

– Pourtant, mes sentiments démocratiques me retiennent de condamner ces croyants. Je les crois égarés, mais je ne vais tout de même pas tenir un ou deux milliards d'humains pour des crétins ? Leur fidélité aussi a quelque chose de respectable ? On leur a proposé de faire de la Bible leur guide de vie. Ils s'y tiennent, et ils ne peuvent admettre qu'on veuille ensuite leur faire prendre telle ou telle des informations qu'on y trouve pour un piège.

– Je ne les condamne pas plus que toi, je ne suis pas

d'accord avec eux, mais ce sont des hommes. Donc, tant qu'ils ne me préparent pas un bûcher, ce sont mes frères. L'autre jour, Benjamin m'a soutenu que le texte biblique était inattaquable mais que c'était la lecture des créationnistes qui était fausse ! J'ai bien sûr essayé de lui opposer les faits, les dates, les listes de générations détaillées au fil des versets. Il a fini par me dire – je me souviens de ses mots – que "la lecture juive n'a jamais été littérale, même à une époque où ça ne dérangeait personne"…

– Soit ?

– … "que donc une littéralité factuelle n'a aucun intérêt ; qu'il faut s'en tenir à une littéralité du récit" !

– Ah ?

– On lui redemandera de nous expliquer.


– Bon, l'autre folie ?

– La naissance de la France ! ou tout au moins de ses rois. Plusieurs de ses thuriféraires, dont le délicieux Ronsard, ont écrit de longs plaidoyers pour en faire les descendants du prince troyen Énée, déjà fondateur de Rome selon Virgile. Opération "géniale" elle aussi, qui gonfle encore la cagnotte de la "fille aînée de l'Église" d'héritages impériaux antiques.

– Quels sont leurs arguments ?

– Un procédé plutôt. En remontant du but qu'on s'est assigné on invente un certain Francion, fils d'Énée, et ensuite on peut redescendre le fil du temps, le tour est joué, le pays qu'on placera sous les pieds du bonhomme s'appellera tout simplement la France !

— Ça paraît un peu gros ?

— *"On n'a pas besoin de croire quand on sait. On croit à ce qu'on ne sait pas."*

— C'est une citation ?

— Oui, d'un type que certains tiennent pour un prophète et d'autres pour un hâbleur. Pour conserver les deux options ouvertes, je lui offre l'abri de mon panthéon secret. Chut !

— Tu m'agaces !

— Pour en revenir audit Francion et à nos rois, les linguistes modernes se demandent aujourd'hui s'il ne faudrait pas lire l'origine de cette folie dans des erreurs d'écriture de copistes anonymes : l'épithète *troiana* qualifiant une colonie romaine fondée sur les bords du Rhin par l'empereur Trajan aurait été mal reproduite en *Tronie* puis *Troia* !

— Voilà bien de quoi te ravir, toi, le chantre des fautes dans la réplication des ADN ! L'Erreur comme déesse ultime, dans les héritages tant biologiques que culturels !

— Il ne faut pas prendre les histoires pour des messagères de vérité. Qui peut croire *de bonne foi* qu'un enfant est né d'une vierge ? En revanche, ce sont des machines à penser, et à aimer si tu fuis le piège de la haine. Si tu laisses ton cerveau aller, non seulement tu fais de beaux rêves, mais en plus tu t'aperçois que tous ces thèmes ont déjà visité d'autres neurones que les tiens. En Inde, Pârvatî a conçu Ganesh sans l'aide d'aucun homme ; en Grèce, la mère est Héra et l'enfant Héphaïstos. Nyx a produit seule une innombrable famille.

– Jésus est né au solstice d'hiver comme un soleil renaissant, et comme de nombreux autres dieux ou prophètes. Ses apôtres sont au nombre de douze comme les signes du zodiaque.

– Avant lui, déjà, Dionysos avait changé l'eau en vin… Pour autant, si les légendes ne se réduisent pas à des morales lénifiantes, elles ne sont pas non plus de simples blagues sans danger. Elles témoignent de l'immensité du monde, de la variété de ses horizons. L'idéal est d'y croire un peu pour goûter leurs merveilles, mais pas trop pour n'en point faire des trames de psychoses, des motifs de violences.

» M'est venue cette formulation ramassée qui met en évidence le lien foncier entre fiction et langage : *les histoires sont des métaphores du Vrai* ; une façon de le dire puisqu'il est indicible. Dans sa *Vie de Jésus*, Renan rappelle qu'alors que le malheureux se tord de douleur sur sa croix, les spectateurs présents lui opposent en ricanant ses prétentions aventureuses : le Temple qu'il menaçait de détruire par sa seule parole est toujours debout ; son "Père" tant évoqué ne vient guère à son secours.

– Sarcasme cruel auquel fait néanmoins écho, si elle est vraie, la déchirante paraphrase du moribond : "pourquoi m'as-tu abandonné ?"

– Elle est présente chez Matthieu et Marc, absente chez Luc et Jean.

– Preuve troublante que, si "l'homme Dieu" est bien

l'auteur et l'émetteur de ces fantasmes, il en est aussi le premier récepteur. Il s'est convaincu lui-même.

– Reste, ajoute le chroniqueur mille huit cent ans plus tard, que c'est bien le Réel que ces folies vont modeler ; le Temps qu'elles vont assujettir : *"Au prix de quelques heures de souffrance, tu as acheté la plus complète immortalité. Pour des milliers d'années le monde va relever de toi."* Jésus est mort, mais le Christ règne désormais pour l'éternité ; et même, rétrospectivement, de toute éternité…

– Mon père à moi m'a rappelé l'autre jour la formule que donnent les conteurs bretons au début de leurs récits : *ur wech e oa, ur wech ne oa ket, ur wech e oa bepred*, "il était une fois, une fois il n'était pas, toujours est-il qu'une fois…"

*

– Une proposition raisonnée ne te laisse le plus souvent le choix qu'entre deux solutions : ou elle est juste ou elle est fausse. Il faut préférer la conversation entre sujets différents, serait-elle une "dispute", ou les fables qui font penser, qui déploient un éventail d'horizons, sans chercher à convaincre ni, encore moins, à vaincre. Il faut pratiquer une morale du respect, apprendre à trouver "intéressante" une idée qui vient d'ailleurs.

– *Différents* n'est pas assez. Il faut dire *autres* : "une conversation avec d'autres esprits, portiers d'autres mondes".

– Tu vas bientôt pouvoir écrire à ma place ! La richesse des histoires tient à leur porosité, à leur imprécision nuageuse, à leur culte du hasard et de la redondance, qui s'opposent à la maigreur des syllogismes, aux fantasmes de prédiction et d'univocité nourrissant les développements philosophiques. Les contes ne s'accommodent guère des brefs *sms*, des *tweets* lapidaires, des pensées pré-mâchées des pages internet. Le lent plaisir de leur dévidement, les échos et les images qu'ils suscitent, participent de la nature même du langage.

– L'obscurité féconde des paraboles contre l'aride lumière de "2 et 2 font 4" ?

– Tu m'ôtes de la bouche mon argument final : après le coup du Diable, la rescousse de Dieu.

– L'autre jour, tu reprochais au Christ de n'avoir jamais ri.

– Il n'a jamais écrit non plus. Seul l'*Évangile* de Jean le montre traçant quelques signes dans la poussière, pendant l'épisode de la femme adultère. Mais cette fois il nous montre le chemin. Quand il aurait été si facile à l'Omniscient qu'il était de pondre un catéchisme définitif, la liste de toutes les actions à mener et celle de toutes les vilenies à éviter pour complaire à son Père et gagner le paradis, le Coquin – avec un grand "C" – a préféré ne s'exprimer qu'à l'aide de ces "paraboles" ambiguës que tu viens de rappeler. Quel argument définitif pour la défense des histoires ! Le Fils de Dieu ne discourait pas, comme le feraient ses prêtres après Lui. *Il racontait.*

– Jésus et Platon, même combat ?

– Pas tout à fait, parce que tout de même Platon veut démontrer, tandis que le Christ prend le risque d'une fertile imprécision. Il produit des exemples et laisse penser.

– Il nous condamne à être libres.


– On peut aller plus loin dans la provocation. C'est ton échange "d'autre à autre" qui m'y fait penser.

– Dis toujours. Ensuite, je pourrai devenir folle pour de bon.

– Deux interlocuteurs identiques n'auraient rien à se dire ni donc, sans doute, à concevoir. On ne peut interroger que ce qui nous fait face et donc nous échappe en partie. Certains commentateurs du judaïsme font alors observer que, le comble de l'altérité, c'est la transcendance ; lorsque nous pressentons quelque chose ou Quelqu'un qui nous dépasse complètement, qui ne se laisse réduire à rien de connu...

– Aïe !

– Suis-moi bien. Pour pouvoir interpeller Dieu, il ne faut pas être sous sa coupe, écrasé par lui...

– Hélas, je craque !

– Il faut commencer par se persuader qu'Il n'existe pas. Pour penser Dieu, il faut être athée.

*

– Bon, en attendant que les infirmiers arrivent, sortons des églises, des synagogues et des mosquées, c'est l'heure du journal télévisé. Si tes fameuses histoires jouent un tel rôle dans la saga de l'humanité, dans le monde laïc, en démocratie, quelles sont celles qui ont cours aujourd'hui ?

– Tu plaisantes ? Ouvre les yeux ! Qui aurait osé inventer qu'un individu quelconque pourrait en joindre un autre dans l'instant, n'importe où sur la planète, en lui envoyant un *mail* ? que chacun de nous aurait à sa disposition sur sa tablette tous les savoirs du monde, même à trois heures du matin ? Je te l'ai souvent dit, je n'aurais pas voulu vivre à une autre époque, celle-ci est époustouflante, proprement fabuleuse.

– Montre-moi des histoires *naissantes*.

– La plupart des faits-divers ! que nous ne reléguons dans des rubriques de second ordre que pour tenir à distance ce hasard qui tout à la fois nous fascine et nous fait peur. La chute de l'Airbus de la *Germanwings* dans les Alpes, parce que l'un de ses pilotes est devenu fou, ou terriblement décidé, quand plusieurs docteurs l'avaient jugé sain d'esprit. La destruction en Ukraine du Boeing de la *Malaysia Airlines* par la volonté d'un militaire pro-russe, ou anti-russe, ou par erreur. La disparition en Asie ou en Océanie d'un premier jet de la même compagnie pour des raisons qui resteront sans doute à jamais inconnues : panne ou décision, folie à bord et suicide, ou folie quelque part au sol et sacrifice… Si tu veux en tirer des romans sans te mêler d'aéronautique, de politique ou de religion, tu prends au hasard des passagers, tu racontes leur histoires respectives, leurs amours, leurs heurts et leurs malheurs, leurs espoirs, leur abominable plongée dans l'océan et dans le néant.

– Il y avait peut-être à bord un inventeur génial dont une idée encore inexploitée aurait changé le monde ?

– Heureusement Larry Page et Serguéï Brin ont désormais de quoi se payer des avions privés ! et ils n'excitent guère la rage des tueurs ! Tu rappelais l'autre jour que les grandes inventions paraissent être "dans l'air" à l'heure de leur naissance, et que, si elles ne prenaient pas forme dans tel ou tel cerveau, elles apparaîtraient dans un autre. Mais il arrive néanmoins qu'on redécouvre des idées géniales restées inexploitées, oubliées. Peut-être en existe-t-il que personne ne saura plus jamais faire fleurir ? Les avions aussi sont en l'air, et quelquefois ils tombent.

– *Le Monde* racontait la semaine dernière que les génies du jour se veulent désormais *transhumanistes*. Certains, qui ne doivent pas être en grève, rêvent de remplacer la parole par la transmission de pensée.

– Thème vertigineux ! Le langage désertera-t-il pour autant nos cerveaux ? Est-ce que syntaxe et vocabulaire resteront souterrainement présents dans une communication instantanée sans paroles ni écrits ? seront-ils toujours nécessaires au décodage des messages échangés ? Ou bien est-ce que ces vieilleries sumériennes se trouveront recouvertes et oblitérées par des contenus plus imagés ? Se transmettra-t-on des longs métrages ou bien seulement des flashes ?

**6.**

*Rêver*

— Qu'est-ce que tu vas faire de tout ça, toi, le nouveau scribe ?

— Je préfère chercher un chemin dans une forêt touffue que me découvrir seul dans un reg désertique où je n'aurais à décrire que quelques cailloux et le bout de mes pieds. Surtout, je ne veux pas développer dans un discours ce que je viens de te rappeler. Ce serait déchoir. Je voudrais être un rejeton des anciens aèdes, des bardes, griots, librettistes, romanciers, en proposant à mon tour un conte, une histoire pour parler des histoires...

— Pas un dialogue avec moi ?

— Tu me tentes ! Surtout, comme le sujet est sérieux, pour désobéir je cherche une forme drôle.

— On y revient. Saint Coluche, priez pour nous !

— Je suis sur la piste d'une nouvelle qui conterait une *Cérémonie des Bobards*, au cours de laquelle seraient récompensés les meilleurs inventeurs de fictions. Après un début pompeux où seraient gentiment moqués les maîtres des églises et des universités...

— Gare aux fatwas !

— ... on remettrait des "bobards d'honneur" à quelques

grands romanciers qui, dans l'une de leurs œuvres au moins, ne se sont pas contentés de raconter une belle histoire, mais ont fait de cette addiction des humains aux histoires le motif d'une intrigue.

– Un "méta-récit", au second degré.

– Quelque chose comme ça.

– *Les Mille et Une Nuits.*

– Eh !

– Quel que soit chaque soir le choix de Schéhérazade dans la galaxie des légendes, c'est le fait qu'elle en dévide une qui met le sultan à ses pieds.

– Le problème sera dans ce cas d'identifier l'auteur ! Dans *Le jardin aux sentiers qui bifurquent*, une des nouvelles du recueil *Fictions*, Borges prétend qu'un soir Schéhérazade « se met à raconter textuellement l'histoire des 1001 Nuits, au risque d'arriver de nouveau à la nuit pendant laquelle elle la raconte, et ainsi à l'infini ». Mais je crois bien que personne n'a jamais trouvé le passage en question et qu'il faut donc, à « la distraction magique du copiste » négligemment invoquée par Borges, ajouter l'insuccès des chercheurs ou plutôt la malignité de l'Argentin...

– *Emma Bovary ? Don Quichotte ?*

– Sans doute. On est cette fois davantage dans une chute que dans une accession. Le destin de chacun des deux héros rappelle que les histoires ne sont pas dérisoires, puisqu'elles peuvent égarer. Chez Cervantès il n'est question que d'une catégorie particulière, celle des "romans de chevalerie" qui ont troublé l'esprit du pauvre hidalgo. Mais, dans les citations qu'en propose le chroniqueur espagnol, on croit lire d'avance les âneries des *Précieuses ridicules* ou du *Bourgeois gentilhomme* de Molière, lequel apparaît donc un peu rétrospectivement comme un suiveur. Par exemple : *"la raison de la déraison qu'à ma raison vous faites affaiblit tellement ma raison qu'avec raison je me plains de votre beauté »* ; ou bien *"les hauts cieux qui de votre divinité divinement par le secours des étoiles vous fortifient vous font méritante des mérites que mérite votre grandeur."* À la vérité, pourtant, Cervantès me déçoit un peu lui aussi : il annonce d'emblée dans la préface et il ne cesse ensuite de répéter que son héros est fou. J'aurais préféré qu'il le respecte, qu'il se contente de rapporter ses exploits et ses propos, en laissant le lecteur décider de son état mental. Comme le fait insidieusement Flaubert. Ou plus directement Dostoïevski dans *Une femme douce* et dans *Le Double* : le Russe halluciné laisse progressivement deviner que c'est l'assassin ou le fou qui raconte. C'est plus fort de manifester, de faire soupçonner, que de dire.


– Umberto Eco pour son *Nom de la rose* ? dont la clé est un livre fantôme, tout à la fois joyeux et létal : la deuxième partie supposée de la *Poétique* d'Aristote, un texte favorable à la comédie et au rire, fixé sur des pages empoisonnées…

– Promis. En y ajoutânt une moquerie de la logique bien faite pour séduire les extraterrestres !

– À savoir ?

– Le subtil enquêteur, un parangon d'intelligence et de culture, parvient à la solution juste en accumulant les raisonnements erronés.

– Que les historiens des sciences en prennent de la graine !

– Mais j'honorerai plus encore le Falstaff italien pour son *Pendule de Foucault*.

– Pas lu.

– Deux plaisantins s'amusent à produire une histoire secrète de l'Occident pour égarer les occultistes, en multipliant les événements inventés qui donnent à leur feuilleton une apparence plus vraie que la chronique réelle. Le comte de Saint-Germain y dialogue avec Nostradamus, Paracelse et les alchimistes égyptiens. Hélas, lorsqu'ils veulent révéler leur forfait dans un éclat de rire, la vérité se retourne : leurs inquiétants lecteurs prennent maintenant leurs aveux pour des affabulations de faussaires… Se tresse un impossible dialogue entre la vérité et le mensonge, entre l'humour et "l'esprit de sérieux".

– Difficile de rêver mieux ! Convoquer toute l'histoire des hommes, en jouer, la manipuler, avant de s'y trouver de nouveau confronté…


– On peut trouver plus fou ou plus dangereux.

– D'abord plus fou ?

– Je repense bien sûr aux plus belles ou aux plus affreuses uchronies dont le principe nous est déjà venu à l'esprit. Je n'aurai que l'embarras du choix. Dans *Le complot contre l'Amérique* Philippe Roth dévide sa propre enfance dans un faubourg populaire du New Jersey, évoque les bagarres entre gamins juifs et irlandais catholiques. On est dans la chronique, les pieds sur terre, dans un passé réel. Son texte est d'abord un journal. Et puis il coiffe cette autobiographie d'un argument romanesque qui, ou bien reproduit des cauchemars qui ont visité sa tête de petit garçon, ou bien enflamme rétrospectivement aujourd'hui sa conscience d'adulte. Il se rappelle que Charles Lindbergh, qui occupait à l'époque les premières pages des journaux à la fois pour ses exploits d'aviateur et pour le terrible enlèvement de son petit garçon, a failli se présenter à l'élection présidentielle. Et il se demande ce qu'il serait advenu du monde si le héros, antisémite et proche des nazis allemands, s'était installé à la Maison Blanche. Sans doute les plages de Normandie n'auraient-elles jamais connu de débarquement, car les "alliés" eussent été d'une tout autre nature…

— L'hypothèse est terrible mais elle n'est pas si folle.

— C'est une question de style, qui nous ramène en littérature. Roth, ne se demande pas ce qui aurait pu se passer. Il donne réellement à lire les journaux de cet autre passé, qui n'a pas été.


— Plus fou encore ?

— Le spécialiste de la rêverie historique, c'est Poul Anderson, un autre écrivain américain dont une série de nouvelles conte, sous le titre *La Patrouille du temps*, les exploits de policiers d'un genre un peu spécial, chargés de se promener dans l'Histoire pour veiller à son intégrité.

— Drôle d'idée ! Avant, on ne sait jamais ce qui va se présenter, mais après il ne faut plus y toucher.

— Le plus célèbre de ces récits, et mon préféré, inverse le célèbre *Delenda est*, la malédiction lancée par Caton l'Ancien sur Carthage. Deux flics désireux de s'offrir quelques instants de détente, "avec des filles qui n'aient jamais entendu parler de voyages dans le temps", règlent leur machine sur "New York 1955". Et ils se retrouvent dans une ville inconnue dont ils reconnaissent la géographie mais dont les habitants sont majoritairement roux, portent des kilts et parlent une langue inconnue. On a changé l'Histoire ! Ils repartent donc enquêter dans les siècles passés pour trouver la malversation d'origine. Après s'être perdus dans plusieurs impasses temporelles, ils finissent par remonter jusqu'à la troisième Guerre Punique où ils aperçoivent des voyous venus du futur, armés de fusils atomiques, sur les éléphants de l'armée carthaginoise ! L'issue du combat a été inversée et Rome détruite. Dans les siècles suivants il n'y a donc pas eu d'Empire, la Gaule et les Îles britanniques sont restées celtiques. Un avatar de Cuchulainn ou de William Wallace a découvert un continent nouveau qui s'est appelé *Ynys-ar-Afallon* et non l'Amérique…

— Le deuxième Temple n'a pas été détruit à Jérusalem.

— En tout cas pas par des Romains. Va savoir déjà ce qu'eût été un peu plus tôt le destin d'un certain jeune homme de Nazareth !

– Il y a aussi cette délicieuse nouvelle de Ray Bradbury, *Un coup de tonnerre*, qui anticipait à sa façon le fameux "effet papillon" déclenchant des catastrophes monstrueuses à partir d'un minuscule battement d'aile. Une agence organise des chasses aux dinosaures dans le passé. Pour ne rien changer de décisif à partir de cette nouvelle origine, les chasseurs sont placés sur des plates-formes flottantes, et ils ne tirent que des animaux déjà mourants. Mais un maladroit trébuche et écrase sans doute un insecte… lequel devait jouer un rôle essentiel dans la chaîne des espèces. Au résultat, cent cinquante millions d'années plus tard, le résultat de l'élection présidentielle américaine est inversé, un fasciste qui avait perdu se trouve porté à la Maison Blanche, et… la langue anglaise a changé ! La phrase *« Safaris to any year in the past, you name the animal, we take you there, you shoot it. »* est devenue *« Sefaris tu any yeer en the past, yu naim the animall, wee taek yu thair, yu shoot itt. »*.

– Génial !

*

– Je ne vois pas ce qui pourrait être aujourd'hui "plus dangereux", comme tu l'as annoncé.

– Cherche un écrivain auquel une de ses œuvres a valu des menaces sur sa vie.

– Salman Rushdie ?

– Il y en a eu d'autres, bien sûr, sous tous les régimes

dictatoriaux, en URSS par exemple…

– Vassili Grossman, Soljenitsyne.

– … et on en trouve encore, en Chine, dans les pays aux constitutions religieuses. Mais le cas Rushdie s'est trouvé immédiatement propulsé à la une de l'information planétaire parce qu'il a coïncidé avec le début de la mondialisation.

– Khomeiny ne pouvait plus ravaler sa *fatwa* devant l'ensemble de l'humanité.

– À la vérité, autant que pour ses fameux *Versets Sataniques*, je voudrais lui rendre hommage dans ma cérémonie pour un court roman postérieur qu'il a offert à son fils Zafar alors qu'il était traqué par les "gardiens de la révolution" iranienne : *Haroun et la mer des histoires*.

– Il l'a écrit pour son fils et pour toi !

– Sa vie avait pris l'allure d'un inquiétant thriller qui le condamnait à se planquer dans des bunkers anglais, protégé par des escouades de 007, et lui se détendait en nageant dans un lointain océan de récits orientaux.

– Dis-moi.

– Le père du jeune Haroun est un conteur professionnel indien ou pakistanais que divers incidents et prises de conscience privent soudain de toute parole : sans doute le départ de sa femme, mais aussi précisément les manigances des hommes politiques pour récupérer le bénéfice de ses fables…

– *Story telling.*

– Un grand voyage mène le père et le fils à la source de tous les récits, un gigantesque puits où se régénère l'océan de toutes les histoires possibles ; un méat méta-physique que menace de boucher la bonde infernale des mensonges et autres pollutions. C'est touchant, constamment amusant.


– Du coup, même son grand roman, l'œuvre phare qui lui a valu la haine de centaines de millions de "croyants" n'est plus qu'un cas dans une autre fourmilière ? celle de tous les livres publiés ou possibles ?

– Rushdie y laisse bien deviner que les religions sont des contes. Un homme qui ne s'appelle pas tout à fait Mahomet mais Mahound se rend chaque jour sur une montagne où l'ange Gabriel lui dicte page après page le fameux Livre saint de la nouvelle foi …

– Le Coran.

– Il n'y pas plus qu'un seul Dieu.

– Allah.

– Or, un jour, les lignes ajoutées, recueillies par Mahound, mentionnent avec déférence trois anciennes déesses toujours aimées du peuple et recommandent de continuer à entretenir leurs sanctuaires. Un scandale ter-rible pour des monothéistes ! Le messager se rend compte de l'impair et trouve la solution en se déclarant trompé par le Diable qui aurait ce jour-là pris la place de Gabriel ! Les versets à oublier étaient *sataniques*.

*

– Borges, sans doute ? Pour les innombrables ouvrages

fantaisistes qu'il s'est amusé à citer et résumer ?

– *L'Approche d'Almotasim* ou *The Anglo-American Cyclopædia*...

– J'ai retrouvé aussi le titre du glossaire chinois dans lequel il prétend avoir pêché la suite ahurissante dont nous avons parlé l'autre jour : *Le marché céleste des connaissances bénévoles.*

– Merveilleux !

– Et tu te souviens de ce personnage qui s'obstine, non pas à recopier, mais à recréer *ex nihilo*, à la virgule près, le *Quichotte* de Cervantès ?

– Dans la perspective qui est la mienne, je retiens plus volontiers encore *La mort et la boussole*, un vertigineux anti-modèle de polar, un fascinant ballet de la nécessité et du hasard.

– Je ne me rappelle plus !

– C'est l'histoire d'un génial détective qui porte un nom peu courant en Argentine : *Erik Lönnrot.* Dès les premières lignes, on le découvre confronté à un assassinat énigmatique : dans une chambre d'hôtel d'une ville sud-américaine qui doit être Buenos-Aires, un vieux spécialiste juif de la Kabbale venu de l'étranger à l'occasion d'un congrès a été trouvé mort, un couteau planté dans le dos. Il était en train de rédiger le texte de son intervention prévue pour le lendemain : un commentaire sur les quatre lettres sacrées qui composent en hébreu le Nom de Dieu. Pour le commissaire un brin fanfaron qui dirige la police locale, ce meurtre crapuleux ne peut être qu'une erreur : une cantatrice d'opéra logée au même étage était en représentation à l'Opéra de la ville ; un voleur attiré par les bijoux de la Castafiore se sera trompé de chambre et aura tué le malheureux rabbin pour protéger sa fuite et son anonymat. Mais l'inspecteur Lönnrot est plus circonspect. Un journal publie un entrefilet révélant que le nouveau Sherlock Holmes enquête sur d'inquiétantes sectes juives assez habiles pour imputer leur propre existence à des racontars antisémites : certaines promettraient la mort à qui envisagerait de publier des informations interdites à notre humaine connaissance, un peu comme les fruits du fameux Arbre à nos premiers parents Adam et Ève.

– C'est pour toi !

– Deux autres meurtres suivent – celui d'un voyou devant la boutique d'un marchand de couleurs, puis celui d'un inconnu habillé en arlequin pendant le carnaval – qui paraîtraient n'avoir aucun rapport avec le premier s'ils n'avaient été commis comme lui le troisième jour du mois et si, au demeurant, l'assassin n'avait pris la précaution d'indiquer à chaque fois, par un *tag* sur un mur, qu'ainsi se trouvent articulées une à une les fameuses lettres du Nom. Bientôt, les indices se font de plus en plus convergents. Il y a quatre lettres : l'inspecteur découvre que le jour juif commence à la tombée du soleil et que ces meurtres, toujours commis le soir, l'ont donc été chaque fois, non pas le 3, mais le 4 des mois successifs. Il complète sur une carte de la ville, pour former un losange, le triangle que composent les lieux des trois premiers meurtres. Il sait désormais où et quand aura lieu le quatrième : mais cette fois, il sera là pour s'y opposer.

» Au soir du 3 argentin suivant, c'est-à-dire à l'avènement du 4 juif, Lönnrot pénètre dans le labyrinthe d'une vaste villa abandonnée, au cœur de la banlieue obscure désignée par le schéma. D'autres coïncidences, surdéterminant ce lieu auquel l'a mené son raisonnement, lui donnent le vertige, et au lecteur aussi bien : de petits vasistas dans l'escalier qu'il monte, le revolver à la main, portent des vitraux colorés semblables à ceux de la boutique du marchand de couleurs et aux losanges du costume de l'arlequin… Il s'avance vers le Nom de Dieu. Mais soudain le récit bascule chez Clouzot ou chez Hawks. Un homme sort de l'ombre, lui arrache son arme et le met en joue : la quatrième victime sera… l'inspecteur Lönnrot. Son assassin venge ainsi l'arrestation par le policier de son frère qui croupit en prison depuis de longues années.

– Refais-moi la chronique des événements !

– Le commissaire avait raison, le malheureux kabbaliste n'a dû son destin fatal qu'à l'erreur d'un petit voleur de diamants. Mais le bandit génial qui voulait la peau du détective a lu le journal révélant la perplexité de ce dernier, et il a décidé de lui construire, au moyen des autres crimes, un mystère fictif sur mesure, un réseau d'indices impeccablement dosé pour décourager tout autre enquêteur mais pour allumer au contraire le désir de l'incorrigible raisonneur ; pour l'amener finalement à venir se jeter lui-même, à l'heure dite, dans un piège parfait. Lönnrot paie tout à la fois l'acuité et l'insuffisance de son intelligence. Depuis le premier meurtre, il se comporte en automate programmé, en personnage écrit par son tueur futur : la fiction de son explication a modelé la réalité pour finalement buter sur une autre fin.

– Parfait !

– Reste un détail qui ne paraît avoir attiré l'attention d'aucun autre admirateur de Borges, mais qui ne pouvait m'échapper. Il était fait pour moi, comme tu dis. C'est le nom de l'enquêteur, qui démarque de très près celui du premier grand collecteur de récits populaires oraux, ceux du *Kalevala* finlandais : non pas *Erik Lönnrot* mais *Elias Lönrot*.

– Vois pas le rapport.

– Moi non plus. À moins que… Peu importe, cette coïncidence bizarre redouble mon plaisir.

– Si tu y tiens. Qui d'autre ?

*

– Un auteur dont les histoires terrifient, non plus seulement un imam iranien, mais des millions de lecteurs…

– Stephen King ?

– Qui d'autre ?

– Pour *Shining* ?

– Non, pour un autre récit abominablement tordu, publié sous le titre *Secret window, secret garden*.

– On attend déjà quelque horrible *Barbe Bleue* et une frêle prisonnière dans ce décor.

– C'est plus subtil. Le jardin annoncé va présenter un empilement de niveaux, dont certains bien sanglants ; et, la fenêtre, plusieurs regards possibles. Dans une courte préface l'auteur nous égare d'emblée entre réalité et fiction en commençant par raconter qu'il a trouvé par hasard, alors qu'il déplaçait une machine à laver au premier étage de sa maison du Vermont, une petite lucarne donnant sur un coin de jardin que sa femme s'était approprié…

– J'ai peur.

– … pour y faire pousser quelques plants de maïs. Ensuite, cette confidence consignée, "le héros" de la fiction peut faire son entrée.

– Un romancier comme King ?

– Morton Rainey, qui va, à son tour, affronter l'une de ses propres créatures littéraires, l'inquiétant John Shooter…

– *John le tireur*…

– … mais aussi *shoot her*, "tue-la !"

– Brrr !

– Je te passe les détails qui font tout l'art de King. En fait, Rainey est fou…

– … comme Jack Nicholson dans *Shining* !

– Il ne parvient plus à écrire depuis que sa femme Amy l'a quitté, mais surtout parce qu'il est hanté par un péché originel auquel il a dû son premier succès, vingt ans plus tôt : le vol d'une nouvelle écrite par un camarade d'études, dont le héros était précisément un certain John Shooter… Ce dernier, représentant le véritable auteur disparu, vient lui rappeler ce secret qu'Amy est désormais, avec lui, Morton, la seule à connaître.

— Je sens qu'elle va mourir.

— Oui, mais de quelle façon ! L'histoire que se disputent l'écrivain fictif et le fantôme doublement imaginaire est aussi celle d'une trahison amoureuse. Comme l'affaire se termine pacifiquement dans le récit initial, Shooter demande à Rainey de « changer la fin » : c'est-à-dire "d'écrire", plus exactement de jouer la scène d'un véritable meurtre.

— Ne me dis pas, je lirai.


— D'autant que je dois ici ajouter quelques dimensions à l'imbroglio. D'une part, un cinéaste a tiré un film de cette histoire en la modifiant légèrement, je crois bien en la perfectionnant…

— Pas Stanley Kubrick ?

— Non, David Koepp, très habile scénariste et ici parfait réalisateur. Je ne sais plus très bien si les rebondissements que je t'ai contés figurent sur l'un ou l'autre support. Du coup me vient l'idée de produire plus qu'un texte : un livre *"à réalité augmentée"*. En cliquant sur le passage écrit, le lecteur verrait de surcroît le film s'ouvrir sur son smartphone. Il me semble qu'aucun éditeur n'a encore eu une telle idée, mais avant que mon œuvre ne voie le jour, si tel doit être le cas, la merveille aura sans doute déjà été donnée à voir.

» D'autre part, on sent que sa fiction a suscité, chez Stephen King lui-même, écrivain réel, des méditations sur son métier de créateur, sur l'originalité des histoires et en l'occurrence sur leur plagiat. Voici les mots qu'il ose mettre dans la bouche de son romancier escroc : *"Lorsqu'une idée d'histoire vous vient à l'esprit, personne ne vous en donne un droit d'exploitation sur papier timbré. On ne peut en justifier l'origine. Écrire des histoires relève toujours un peu du vol."*

– Pas si dingue, le Morton !

– Euh... Une fois Amy assassinée, il s'empiffre des épis de maïs du petit jardin...

– ... les épis de la femme de King ? Horreur !

– Et l'un ou l'autre auteur de parler de *"la Grande Banque à Idées de l'Univers"*. On soupçonne confusément que King a dû connaître lui-même cette situation intolérable : jouir d'avoir imaginé un récit excitant, parfaitement personnel, et puis découvrir avec une gêne affreuse qu'un autre a déjà écrit quelque chose de semblable.

» En revanche je ne sais pas si je citerai ces dernières lignes dans lesquelles il laisse entendre qu'il a trouvé des traces réelles du passage de Shooter...

– Derrière la machine à laver ?

– ... qu'en somme les histoires peuvent donner vie aux fantômes...

– ... ou rendre leurs auteurs vraiment fous. Qui d'autre ?

*

– Tu m'épuises ! mais ce passage par le cinéma m'incite à te parler d'un autre film dont le jeu subtil entre le rêve et la réalité, entre l'affabulation et le constat, m'a bouleversé.

– *Matrix ? Minority Report ? Inception ?*

– Non, un script plus délicat des cinéastes britanniques Joe Wright et Christopher Hampton, qui porte en anglais le titre raffiné d'*Atonement*, "Expiation" ; en français, hélas, un banal "Reviens-moi". Pour ne pas tout mélanger, j'oublie provisoirement le beau roman de Ian McEwan dont il est l'adaptation, parce que le film tient un effet stupéfiant particulier du pouvoir d'évocation propre à l'image. Il est plus difficile de mettre en doute ce qu'on a vu que ce qu'on a lu…

– Je prends des sels !

– Une très jeune adolescente d'une famille de la *gentry*, sans doute éprise en secret de l'amoureux de sa sœur ou peut-être simplement désireuse de s'affirmer, a ravalé son malaise en accusant à tort le jeune homme du viol d'une cousine. Le malheureux est arrêté, emprisonné, incorporé quelques années plus tard dans les forces armées du Royaume que les Allemands malmènent dans la région de Dunkerque. Puis, un peu bizarrement – mais tu vas comprendre pourquoi – les deux amants finissent par se retrouver dans les rues de Londres et dans une petite villa sur les bords de la Manche. La vilaine, elle, que le film nous présente toujours sous un jour aimable, est devenue infirmière, elle se dévoue pour soigner les soldats. À peine une conversation avec une collègue nous laisse-t-elle entendre qu'elle écrit ou qu'elle envisage de le faire. Elle revient voir sa sœur qui vit enfin désormais avec son chéri, lequel reproche violemment à l'ancienne menteuse les épreuves qu'il lui a dues et qu'il lui doit encore. Et puis soudain, dans les dernières minutes du film, voici sur un plateau de la BBC une romancière âgée annonçant que cet *Atonement* dans lequel elle avoue son forfait est son dernier livre car sa santé se dégrade. Bientôt son cerveau sera atteint, elle aura tout oublié, les êtres réels dont elle a évoqué le destin ne seront plus que des personnages de fiction, des silhouettes de papier… À la vérité, confie-t-elle au journaliste qui l'interviewe, elle n'a jamais affronté ni sa sœur ni le garçon doublement aimé car ils sont morts tous les deux dès 1940 sans s'être jamais revus, l'une dans les bombardements de Londres et l'autre d'une maladie contractée au combat. Les scènes de leur bonheur que nous avons vues, et même celle des reproches du garçon à son accusatrice, étaient des rêves non avenus, des pages du livre offertes aux deux disparus par leur bourreau sans pardon.

– Terrible.

– Ce qui est troublant dans ce dispositif, c'est qu'il donne une réalité plus forte aux rêves qu'il a présentés sans les donner pour tels, qu'à l'histoire véritable qui n'est jamais montrée. À qui appartiennent ces rêves ? À la fois aux deux fantômes qui ne les ont pas vécus et à celle qui, après les avoir exclus du réel, leur a fait une place en littérature.

– Aux spectateurs désormais… Tu pleures ?

– Oui.

– Moi aussi.

– Dans le livre, Ian McEwan fait dire à la romancière chancelante : « *J'aime à penser que ce n'est pas par faiblesse ou par dérobade, mais par un dernier acte de générosité, un rempart contre l'oubli et le désespoir, que j'ai laissé mes amants vivre et se retrouver à la fin. Je leur ai accordé d'être heureux, mais je n'ai pas poussé l'égoïsme jusqu'à m'en faire pardonner. Pas d'expiation pour Dieu ni pour les écrivains.* »

– Une dernière question seulement : à qui le "bobard d'or" ? Tu es le président du jury, tu dois savoir ?

– Je sais.

– Dis-moi ?

– Plus tard. Il s'enrichit d'être encore un secret.

– Je croyais que tu n'en avais pas pour moi ? »

7.

## *Papoter*

Le "vieux schnock" n'est pas si vieux, ni si schnock. Le fameux Meissonnier est bronzé, l'éclat de ses dents accuse la couleur de ses lèvres. Un éternel jeune homme, plutôt. Il écrase l'assistance de son élégance. Il n'a eu qu'à lâcher quelques plaisantes banalités pour devenir le point de mire de l'assemblée. Ignorant la présence du doyen qui paraît presque gêné de se trouver le plus titré, il règne sur les autres enseignants et les quelques étudiants présents, Il félicite Mélanie pour son master de biologie et l'assure qu'il l'aidera à trouver "une passerelle" si elle souhaite « le quitter plus définitivement encore pour préparer une thèse en médecine ». Sniff, il en pleurera ! L'assistance ne sait trop si elle doit s'amuser de cette impudeur.

« Et vous, fait soudain le cabotin en se tournant vers Erwan, il vous arrive encore de philosopher ?

— Sans les mots, en sifflant avec les merles ou en sermonnant les lombrics.

— *Why not ?* D'une certaine façon, je vous retrouve !

— Tout ce qui vit sort du même début, et les animaux en savent long sur le sujet. Les végétaux aussi. Dieu n'a aveuglé que l'homme, au jardin d'Éden. Les professeurs surtout !

– Écoutez-moi ça ! Merci, Mélanie, d'avoir invité ce prophète.

– Il habite à côté.

– Je lui ai toujours trouvé une force mystérieuse, presque physique, qui donne à nos débats universitaires une allure de mignardises de snobs.

– Il écrit tout le temps ! risque l'imprudente, qui tout à la fois se flatte et redoute de laisser deviner son intimité avec le héros.

– J'ai regretté son départ de la fac, mais je ne m'en suis pas étonné. C'était presque une confirmation. Si un jour les oiseaux et les insectes attaquent, il sera à leur tête. Je me souviens encore de vos numéros de play-boy savant, lance-t-il à Erwan, entre autres de votre sketch sur le Big Bang dans la cour de la fac, un jour de beuverie étudiante. C'était superbement dissonant, déconnant, magistral. Vos camarades en étaient restés pantois. Toutes les filles étaient amoureuses de lui !

– J'étais là ! » balbutie Mélanie, cramoisie.

Meissonnier peine un peu à donner à ses questions de Monsieur Loyal un ton affectueux. Il craint de s'être engagé dans une joute difficile.

« Vous avez bien un projet ? reprend-il en transperçant son adversaire de son regard bleu. Je ne vous imagine pas sans dessein, sans désir.

– Le plus noble de tous. Celui de cultiver l'inconnu,

entre autres salades, scaroles et laitues !

– Aidez-nous ! Après l'hommage que je viens de vous rendre vous nous devez bien quelques éclaircissements : le sujet de votre chef-d'œuvre ? ou seulement son titre ?

– *Les aventures du Père Hasard.* Avec en conclusion quelques lignes de Groucho Marx.

– Magnifique ! Vous pensez déjà à une suite ?

– Absolument. Un show. Les spectateurs et l'auteur attendront tous ensemble que quelque chose se produise.

– Je vous l'avais bien dit, triomphe le présentateur en écrasant ses collègues du regard. Diogène et Socrate peuvent aller se rhabiller !… J'ai reparlé de lui avec le recteur l'autre jour. Nous sommes tombés d'accord pour penser que la perte de cet étudiant avait été une terrible sanction pour l'université, peut-être méritée. Il nous aurait gagné toutes sortes d'honneurs et de références prestigieuses. Le pire, c'est que cette catastrophe ne profite à personne, aucun de nos rivaux ne l'a récupéré. Il est seulement rentré chez lui.

– Vous oubliez les lombrics, essaie une sorte de gros clown chauve qui caresse une rosette piquée au revers de sa veste. À son arrivée, ils l'ont décoré de l'ordre du mérite vermicole ! »

Cette fois, tout le monde rit.

« Et vous, qu'en dites-vous, Mélanie ? Qu'en savez-vous peut-être ?

– Rien. Vous parvenez à lui arracher des confidences auxquelles je n'ai jamais eu droit.

– Mais ces travaux d'écriture ? tente encore un autre

curieux en revenant à Erwan. Un roman ou un essai ?

– Les deux. Ou plutôt les vingt. J'en ai une bonne dizaine sur le feu.

– Commencez alors par créer votre maison d'édition ?

– Internet l'a fait pour moi. Chacun peut aujourd'hui proposer dans le monde entier un livre mijoté seul dans un coin de Bretagne ou d'Océanie. Belle époque ? merveilleuse, même.

– Il écrit des histoires, dit Mélanie. Et il s'intéresse au fait que les autres en racontent ; qu'ils en lisent, qu'il en écrivent. »

Erwan a froncé les sourcils :

« Je ne pense pas que cette information intéresse nos amis, Mélanie.

– Mais si, mais si ! rebondit Meissonnier avec précipitation. Enfin un aperçu sur les déserts qu'arpente notre *desperado* !

– *Outlaw* si vous voulez, "hors-la-loi", mais pas "désespéré". Je vais très bien, je n'en veux à personne, et mes déserts sont presque trop peuplés : sept milliards de promeneurs, bientôt dix !

– Qui sera votre directeur de thèse, si vous postulez pour un doctorat ?

– Un goéland. Vous savez, l'un de ces fabuleux spécialistes du dialogue avec le vent ; de l'écoulement de l'air sur les plumes... Ou un Indien d'Amazonie, chasseur à l'arc, expert en balistique.

– Homère plutôt, rectifie Mélanie. Einstein, Borges.

– Mélanie !

– Vous misez sur un beau jury de spectres ! s'esclaffe Meissonnier.

– Je choisis mes amis.

– Ou Majorana, reprend la jeune fille, le génie qui s'est volatilisé entre la Sicile et Naples. De grands penseurs auraient, paraît-il, mis leur talent en berne, saisis d'effroi en songeant aux conséquences de leurs propres découvertes.

– Je crois bien que ce sont des histoires, en effet, commente Meissonnier. Des provocations concoctées par les illuminés de leur fameux "principe de précaution". Ce jeune homme italien vivait peut-être un drame familial ou bien souffrait d'un chagrin d'amour ? Vous n'allez pas, poursuit l'universitaire en se retournant vers Erwan, jusqu'à voir le mal dans tout progrès scientifique…

– Non.

– … ni jusqu'à dire que tout est fiction dans nos réalités humaines ?

– *Tout*, non plus. Mais les scénarios sont de redoutables et plaisants séducteurs. Il existe, paraît-il, des physiciens qui ne veulent pas entendre parler du Big Bang, qu'ils trouvent trop semblable à la Genèse biblique.

– Vous m'en présenterez !

– Les paradigmes passés apparaissent aujourd'hui comme des contes ? l'astronomie de Ptolémée, la terre plate, la théorie des couleurs de Goethe…

– … les hermaphrodites sphériques dans *Le Banquet* de Platon.

– Vous avez là une bonne élève ! remarque

Meissonnier, étonné par cette contribution de Mélanie. J'aurais aimé qu'elle fût aussi enthousiaste dans mes cours !

– Trop tard, j'ai mon master !

– Vos exemples, reprend-il à l'adresse d'Erwan, sont un peu fanés, grisés comme des vieilleries hors jeu sur un écran d'ordinateur.

– L'interrogation sur le fond demeure. Imaginez que je sois le premier à vous raconter qu'une *matière noire* et une *énergie sombre* invisibles constituent 95% de l'univers. Vous me tiendriez pour un charlatan délirant. Ou bien c'est vrai, et nous sommes aveugles. Ou bien nos théories sont fausses.

– Vous avez sûrement l'explication ? Le prix Nobel vous attend !

– J'aimerais que le jury de Stockholm honore un jour le mystère, le "non su", sans autre identité, "pour l'ensemble de son œuvre". Ou le "Dieu dormant", pour son éminente retenue… Le *tsimtsoum* vous est familier ?

– Le… ? Nous allons avoir droit à une nouvelle fantaisie !

– Une bien ancienne farce, si c'en est une. En constatant les rapports orageux du Créateur biblique avec les humains nés de ses œuvres, les kabbalistes juifs se sont demandé à quelle nécessité avait bien pu satisfaire le Bonhomme pour se lancer dans une pareille opération. La contemplation de Sa Perfection aurait dû lui suffire. Un sommeil éternel aurait prévalu sur le temps. Mais le mal était fait, les sales gosses mangeaient du fruit défendu, forniquaient à tour de bras, construisaient de grandes tours ; incroyable, ils voulaient être libres ! Ne restait au Maître que la solution d'affranchir les esclaves ; de les laisser faire et de se laver les mains de leurs excès. Le *tsimtsoum*, c'est ce retrait de Dieu, que ses inventeurs assimilent quelquefois à une sieste.

– On en apprend toujours, à l'écouter ! s'étonne Mélanie. Il m'avait raconté des romans ou des pièces dans lesquelles des scientifiques font grève, mais je n'avais pas eu droit au *tsimtsoum* !

– Derrière cette pochade, consent à commenter Erwan, se cachent les plus graves questions sur "le silence de Dieu" pendant les pires horreurs de l'Histoire, tous les pogroms, les génocides, la Shoah. Il ne dit rien parce qu'Il dort.

– C'est amusant et provocateur, mais c'est aussi de la pire religion : de *"l'opium du peuple"*, n'est-ce pas ? »

L'atmosphère s'est un peu crispée pendant cet échange. Les parents de Mélanie ont beau remplir les verres, faire circuler des amuse-gueule, proposer des sièges en multipliant des excuses ou des plaisanteries convenues, leur malaise aggrave celui de tous. Chacun cherche des sujets de conversation moins savants qui permettraient d'alléger l'ambiance. On passe du trou d'ozone et du rachat des émissions de $CO_2$ aux effroyables noyades de migrants en Méditerranée. Hélas, un inconscient remet les pieds dans le plat :

« Dans quels romans trouve-t-on ces grèves de

chercheurs ? À vrai dire, je les lirais bien !

— *Le Nuage noir* de Fred Hoyle, *La Grève* d'Ayn Rand et *Les Physiciens* de Dürrenmatt, une pièce de théâtre.

— Mélanie ! »

Erwan a rougi, irrité par ces révélations qui pourraient lui valoir des questions épuisantes. Mais c'est trop tard. Le doyen, que la dernière remarque de Meissonnier a réveillé, tient cette fois de quoi intervenir et retrouver une forme de prestige.

« Il me semble, dit-il, qu'on trouve le nom de cet Ayn Rand dans les écrits des nouveaux *transhumanistes*…

— Ah ! explose Meissonnier qui entend garder la maîtrise du débat, ces cinglés qui veulent "améliorer l'homme" et le rendre immortel en lui implantant des puces électroniques ?

— Surtout en renouvelant ses organes, corrige Erwan. En mettant la mort "hors la vie" dans nos mécanismes génétiques.

— Moi, glisse Mélanie qui mesure de moins en moins sa maladresse ou qui a décidé d'en jouer, j'aimerais bien pratiquer la transmission de pensée. Je suis déjà assez bonne, j'ai entendu sa formule avant qu'il ne la prononce : *"Hors la vie"* !

— J'ai même lu, ricane le doyen, que l'un d'entre eux projetait d'enregistrer dans une base de données informatique la totalité de son cerveau !

— Ce serait intéressant, concède Erwan, de voir si la machine en possession de toute cette information aurait hérité de la conscience du cobaye… À vrai dire, je ne crois pas, parce que je parierais bien que des parties de notre identité se logent ailleurs dans le corps, jusque dans les doigts de pied peut-être !

– Dans le sexe, voyons ! rugit la rosette.

– Ces perspectives ne sont pourtant pas dénuées de toute vraisemblance, admet un autre invité. Le nombre des contacts qu'entretiennent entre eux les neurones pour faire circuler l'influx est de l'ordre du million de milliards. Ce qui fait du cerveau humain l'engin le plus complexe de l'univers. Comment voulez-vous ne pas croire, après ça, que Dieu nous a fait à Son image ?

– Vous voyez, les histoires sont de retour !

– Où abritez-vous vos premières puces ? demande encore un Meissonnier de plus en plus grimaçant. Dans le bras, dans la nuque ? Ça va être merveilleux, quand vous repasserez à l'université, de voir les portes automatiques s'ouvrir devant vous !

– Je crois bien qu'il faut disposer d'une autre fortune que la mienne pour pouvoir y prétendre. Mais il serait médiocre d'en faire un argument. Car ces premiers *transhumains* potentiels qui ont les moyens de leur rêve comptent aussi dans leurs rangs les plus brillants inventeurs du siècle, voire de l'histoire entière : c'est à eux que nous devons les merveilles d'internet et de *Google*... »

Pour calmer sa nervosité, Erwan s'est mis depuis quelques minutes à pétrir le tube de *Dulcamara* qu'il avait emporté pour le cas où son refroidissement se manifesterait de nouveau. Son manège n'a pas échappé à une auditrice au visage aimable, qui aimerait peut-être placer une remarque bienveillante et qui s'esclaffe en désignant le grigri :

« Je le verrais bien soigner ses plantes avec des apports homéopathiques ! Grâce à lui on mangera bientôt des poireaux 15 CH et des carottes 200 K !

– C'est vrai, vous faites ça ? enchaîne Meissonnier en se tournant vers Erwan, le visage courroucé.

– Mais non ! Encore que…

– Encore que ?

– C'est une idée ! On enduit bien les plantes de pesticides. On pourrait peut-être essayer de plus gentils apports.

– Les pesticides agissent !

– Pour sûr, ils agissent, et même dans le corps des consommateurs ! L'homéopathie n'a pas votre faveur ?

– Certainement pas, puisque dans ces dilutions pharamineuses ne reste plus une seule molécule de produit actif. C'est de l'arnaque !

– Toutes ces notions-là, "molécule", "produit actif", et peut-être bien "arnaque", sont des axiomes de votre catéchisme. Revenons au réel.

– Revenons-y !

– Je ne défends aucune théorie, mais seulement cette méthode dite "expérimentale" qu'il vous arrive de soutenir. Avez-vous pris une seule fois une dose ou quelques granules homéopathiques ?

– Je n'entends pas faire gagner le moindre centime à ces charlatans.

– Je regrette de ne pas pouvoir vous faire vivre l'expérience à votre insu. Je ne chercherais pas à vous épargner une grippe ou un cancer : je choisirais à l'inverse un produit qui ne vous conviendrait pas, et vous tomberiez malade sans comprendre pourquoi.

– Charmant ! Mais je ne crains rien.

– Ce ne seraient à vos yeux que des symptômes virtuels, un fantôme de maladie ?

– Certaines des dilutions sont si extravagantes, reprend un barbu, qu'elles équivalent à verser une cuillerée dans la Seine au Vert-Galant et à prélever quelques gouttes de l'eau du fleuve au pont de l'Alma.

– C'est pourquoi l'énigme est fascinante. Il faut autre chose que vos certitudes pour en venir à bout ; préférer peut-être l'empreinte à l'objet, le négatif au positif ; imaginer que l'eau elle-même ait gardé de l'événement une trace qu'elle continue de véhiculer. Ça marche, mais on ne sait pas pourquoi.

– C'est un placebo ! Le sujet *se persuade* qu'il va mieux.

– Savez-vous qu'on peut soigner ainsi chiens et chevaux ? Non, vous ne savez pas. Vous ne voulez pas avoir à rouvrir la question de la conscience des bêtes ! Votre renvoi au placebo est philosophiquement cocasse.

– Expliquez-moi ça ?

– En bon matérialiste vous refusez qu'agisse une dilution excessive, mais en adepte vous acceptez l'idée qu'une croyance puisse guérir.

– Adepte de quoi ?

– De la doxa.

– Bon, fait la maman, qui reste dîner ? Il y a des brochettes et des saucisses, on va faire un barbecue.
– Désolé, pas moi, fait Erwan en se redressant, je dois encore arroser mes petites sœurs avant la nuit… Les filles du Big Bang !
– Revenez plus tard, Erwan !
– Je ne crois pas, non. »
Meissonnier a lancé vers Mélanie un regard interrogateur, auquel, en baissant la tête, elle est parvenue à ne pas répondre.

# 8.
## *Vivre*


« Bonsoir chéri. Tu écris ou tu travailles ces jours-ci ?

– C'est tout un.

– C'est la saison des poireaux ?

– Dans les champs. Dans ma tête, celle des commères et des dinosaures universitaires.

– Je me demande comment je dois le prendre.

– Dans les deux, celle des bactéries et des virus, des eucaryotes et des eumycètes…

– Arrête s'il te plaît. Je te sens de mauvaise humeur.

– Je rumine. Comme les vaches, c'est normal pour un bouseux ?… Comment as-tu pu vendre ainsi en public mes histoires les plus secrètes ?

– Pas toutes ! Je te l'avais dit, je voulais montrer à ces messieurs dames qu'il y avait aussi de l'intelligence hors des villes.

– Alors il fallait me laisser faire.

– Je te demande pardon, j'ai été sotte. J'ai joué à l'attachée de presse. Je ne t'ai pas si mal vendu ? Tu veux que je m'en aille ?

– Oui !… sauf si tu enlèves ta culotte.

– Tout de suite. Je t'aime trop ! J'ai peur de l'avenir.

— Tu as pris ta pilule ?

*

— Pose la tête là, si tu veux. J'adore tes cheveux. Où en êtes-vous, monsieur le Démiurge ?

— Tu ne crois pas si bien dire. Il a tant été question du Big Bang entre ton cidre et tes canapés au saumon, que je me suis ensuite de nouveau retrouvé, dès mon premier rêve, au début de la Genèse, avant qu'Adam et Ève n'aient reçu le cadeau ou le fardeau de leurs noms. Adam hérite du masculin d'*Adamah* qui veut dire "la Terre", c'est un peu lourd…

— Glaiseux. Ève est "la Vivante", je crois, c'est plus léger.

— Encore que. Il y aura bientôt foule, toute une population sortie de son ventre et de ses cuisses…

— L'origine du monde.

— Tu te rappelles de la leçon inaugurale de Roland Barthes au Collège de France ?

— C'est le dada de Meissonnier ! Il nous prend la tête à chaque rentrée avec ce truc ! *"La langue n'est ni réactionnaire ni progressiste ; elle est tout simplement fasciste ; car, le fascisme, ce n'est pas d'empêcher de dire, c'est d'obliger à dire."* La dernière fois, ça a dégénéré. Sidonie a hurlé que la grammaire est machiste au-delà de toute mesure.

— Juste ! "Le masculin l'emporte sur le féminin." Quand on pense qu'on rabâche ça aux enfants à l'école !

– Elle a eu une jolie formule : *L'homme et la femme ne sont jamais égales, mais toujours odieusement égaux !* Ensuite, le débat s'est poursuivi sur les différences entre les langues. Je me souviens : "soleil" est féminin pour les Allemands ; "lune", masculin. Et ils disposent aussi du neutre, qui nous fait défaut. Difficile d'exprimer un futur en anglais sans le colorer d'un soupçon de devoir pour le locuteur, *I shall*, ou de concession à l'autre, *you will* : "je dois", mais "tu veux".

– C'est assurément une des tragédies qui pèsent sur l'espèce. L'homme étant un animal parlant, il hérite des merveilles des cultures, mais il subit leur poids. De grandes mutations sont nées du rejet de ce lest. Quand ce ne serait que la révolte de l'ancien juif Jésus de Nazareth, bientôt Christ pour tous.

– Voire l'aventure de Moïse, s'il était né égyptien !

– Cette dictature de la langue vaut aussi pour nos noms. Il y a une bonne chance pour qu'un type qui s'appelle *Erwan* soit breton. Quelquefois, ça m'agace, j'ai l'impression d'être un cerf débusqué, j'entends les chiens. Je voudrais vivre *incognito*. J'en arrive à envier ces enfants sans doute miséreux, qui n'ont pas d'état-civil… Quelle liberté que la leur !

– Quelle disgrâce !

– Nous avons tellement l'habitude d'avancer dans la vie avec notre identité sur le dos comme une affiche sur celui d'un homme sandwich, que je me suis demandé ce que nous deviendrions si nous restions inconnus.

– Inconnus de qui ?

— De tous, du président de la république, de nos proches…

— … de nos "moitiés" découpées par Zeus dans les boules d'Aristophane ?

— Est-ce que tu m'aimerais encore si tu ne connaissais que mon corps, mes traits, mon odeur, le grain de ma peau, le goût de mes lèvres, ma voix, mon rire, peut-être même mes écrits, mes tournures d'esprit, mes pensées ; mais pas du tout ma personne, mon nom, mon histoire, mon adresse ; si tu ne savais pas "qui" je suis ?

— Tu m'excites, je sens qu'il y a une histoire là-dessous.

— Il y en a une, qui bourgeonne.

— Compliquée ?

— Un peu délicate pour les personnages qui la vivent, mais très simple pour nous qui la racontons.

» Ça commence dans un avion de ligne, pendant un long parcours. Treize heures de vol, quelque chose comme ça. Un type et une fille qui ne se connaissent ni d'Ève ni d'Adam…

— Nous y sommes !

— … se trouvent placés côte à côte. Ils se saluent distraitement, n'échangent que deux ou trois mots pendant un premier repas et s'endorment dès que les hôtesses ont fait baisser les petits volets des hublots.

— *Éloge de l'ombre,* ils pourraient voler vers le Japon ?

— D'accord. Non, plutôt l'inverse, ils reviennent de Tokyo à Paris. Pendant leur sommeil, insensiblement, la tête de la mignonne…

— Ah, elle est mignonne ?

— Qu'est-ce que tu crois ? c'est Natalie Portman ou Penélope Cruz ! Je plaisante, c'est n'importe qui, tu te fais le film que tu veux. Insensiblement la tête de la fille glisse vers l'épaule de son voisin où elle finit par se poser. Puis leurs mains se cherchent et se trouvent…

— À quoi rêvent-ils ?

— Le texte ne le dit pas, peut-être même ne rêvent-il pas, c'est un comportement qui leur vient de la Nuit d'avant toute lumière et toute raison.

— Tu ne vas pas me ressortir tes salades sur Nyx ? Ça sent le café, les hôtesses se préparent à servir le petit déjeuner !

— Je te suis. Les deux cocos n'échangent qu'un sourire à la fois ému et gêné lorsqu'ils se réveillent enlacés. Mais inexplicablement ils ne séparent pas leurs mains. C'est doux, ni l'un ni l'autre ne veut plus renoncer à ce contact qui les calme autant qu'il les bouleverse. Les mots viendront plus tard.

— Je sens venir la tragédie. Leur avion va exploser ?

— Mais non ! l'histoire est belle et douce.

— C'est grâce à moi, je suis la déesse de la bonne humeur.

— Un petit argument littéraire, néanmoins, avant de poursuivre. Si l'avion continue de ronronner, c'est aussi et d'abord parce que je voulais que le trouble que vaut aux deux personnages ce masque posé sur leurs identités soit vécu de l'intérieur. Il fallait que ce soit l'un d'eux qui raconte. Je ne pouvais donc pas les faire mourir prématurément.

— À quelles nécessités les héros de fiction ne doivent-ils pas leurs destinées !


» Bon ! Dans l'avion ! Je parie que c'est lui qui cause ? à nous et à Sidonie !

— Oui, il faudra que j'essaie un jour d'écrire derrière un *je* féminin.

— Passons. Ils se sourient sans se présenter.

— Ils se retrouvent l'un et l'autre dans leurs corps sans noms…

— … comme Adam et Ève à l'aube du monde…

— … et comme eux sans miroir sous la main. Ils ne disposent pour l'instant que de leur conscience d'être, du souvenir de leurs propres traits que découvre le regard de l'autre ; un regard auquel ils n'ont pas accès.

— "Et si j'étais un autre ?"

— Le type se dit qu'il veut que cette rencontre délicieuse ait une suite mais aussi que cette tendresse, ce désir déjà, qui le submergent, tiennent pour une bonne part au mystère, aux non-dits de cette improbable relation. Il y a de la merveille là-dedans. Elle peut être Blanche Neige, et lui le Prince Charmant. Elle paraît partager ce sentiment paradoxal, car elle ne pose aucune question. À l'arrivée à Roissy Charles-De-Gaulle, en récupérant leurs valises, ils se donnent rendez-vous trois jours plus tard au Café Beaubourg, et ils prennent des taxis différents sans avoir échangé aucun nom ni aucun numéro de téléphone. Si l'un des deux ne vient pas, le roman se sera refermé sur quelques pages.

— Pourquoi cette brasserie-là ?

— Aucune importance, je ne cite ces noms que pour te faire sentir que cette histoire qui a une couleur de légende se déroule bien dans le réel, dans le monde que nous arpentons chaque jour. Ils vont se retrouver devant des tasses de thé ou des coupes de champagne, dans le bruit des couverts, sous une sono à la mode…

» Ensuite il sera possible de leur prêter toute sortes d'aventures ultérieures, de torrides effusions amoureuses, des sorties au restaurant, au théâtre, des voyages en commun. Pendant des mois, des années. L'important étant que jamais ils ne se révéleront leurs identités, leurs "premières vies", leurs familles éventuelles, leurs professions.

— Ils seront condamnés à l'hôtel ? en prenant garde de ne jamais jeter les yeux sur la fiche remplie par le partenaire ou sur sa carte bancaire ?

— Pas forcément. J'imagine déjà des trajets où l'un bandera les yeux de l'autre ou lui fera porter des lunettes absolument noires pour le conduire dans quelque nid d'amour sans adresse.

— Comment finira ce conte ?

— Pas ce conte, cette histoire vraie ! Je ne sais pas encore. Comme d'habitude, j'hésite entre plusieurs développements…

— S'il te plaît !… Interdit ! Je les aime maintenant, tes

deux fous. Je veux savoir ce qu'ils deviennent.

– Il est facile d'imaginer des versions "policières". Par exemple, elle serait une espionne poursuivie par des sbires ennemis qui pourraient avoir été eux-mêmes présents dans l'avion dès le voyage initial. Elle aurait alors choisi de se lier à son voisin pour être moins seule et ainsi sauver sa peau... Il lui aurait servi de bouclier vivant.

– Décevant.

– En effet. L'une des plus belles fins, un peu fleur bleue, les voit renoncer à leur double anonymat lorsqu'elle se trouve enceinte : pour donner un nom, un père et une mère, un destin, au bébé qui va naître.

– C'est une belle idée de devoir son identité à ses enfants autant qu'à ses parents...

*

– Salut !

– Bonjour la jolie, tu as des soucis ? tu parais oppressée.

– Ta dernière histoire m'insupporte, elle est trop belle ou trop absurde, elle m'empêche de dormir.

– Celle des deux amants qui s'aiment en s'ignorant ? Tu as trouvé la suite ? la morale, peut-être, comme disaient Perrault et La Fontaine ?

– Non, ce n'est pas ma perspective. Je m'en tiens au présent de leur union. Dans mes rêves, au lieu de m'apparaître exceptionnel, leur rapport devient la norme, l'aveu de ce qui ne se dit pas dans les couples ordinaires qui se parlent… Leur situation contamine la vérité.

– Ah, c'est intéressant !

– La réalité vacille, et jusque dans cette chambre. Je connais ton nom, ton passé, tes occupations quotidiennes. Mais qu'est-ce que je sais de toi ? Je ne suis pas dans ta tête. Ton cerveau m'est un parfait étranger, d'autant plus inquiétant qu'il est proche. Si je peux même te prêter des pensées, ton inconscient m'échappe.

– À moi aussi par définition. Et ce n'est certes pas la seule chose qui nous fasse défaut. Du temps, de l'avenir, nous ne savons rien non plus, tout au moins de ces surprises du hasard que nous espérons tout en les redoutant, parce qu'elles pourraient nous valoir un nouveau destin inaperçu. Le feuilleton serait relancé ! Je ne vais pas y revenir, c'est le terrain même sur lequel prospèrent les fictions. L'expression *coup de théâtre* dit bien que nous sommes alors davantage sur une scène, dans une œuvre, que dans la succession des jours… Tu me vois venir ? Tu l'auras voulu !

– Non.

– J'ai imaginé un récit qui mette en scène ce paradoxe.

– Pitié !

– L'histoire d'un type qui, plutôt que de tenir un journal, de raconter ce qui lui est arrivé, pour être certain de l'intérêt de cette chronique, commence par l'écrire avant de la jouer…

– Il joue sa vie ? comme un acteur sur scène ou à la roulette russe ?

– Les deux. En fait, il est d'abord poussé à ce défi par une catastrophe imprévue, qui brise son destin. Le Hasard avec un grand "H" est venu le chercher. La balle est d'entrée dans le camp des Nornes, des Moires, des Parques, les implacables tisseuses de destinées. Faut-il que le thème soit puissant, pour qu'on le trouve semblablement incarné du pôle Nord au midi !

– Cette fois, un avion explose ?

– Une voiture. Attends. Imagine un couple éminemment fusionnel. Lui est prof, Matthieu avec deux "t" comme l'évangéliste, je ne sais pas pourquoi ; elle, Gwenn, cadre dans la succursale parisienne d'une banque irlandaise. Son prénom signe son origine bretonne. Elle part seule chaque année pendant deux semaines rejoindre son père à Perros-Guirec où le vieil amiral réactionnaire, chrétien intégriste, coule son veuvage et sa retraite. Le beau-père a toujours refusé de connaître son gendre qui, divorcé d'une première épouse, n'a pu épouser sa fille unique chérie à l'église. Aux deux personnages principaux s'ajoute un couple d'amis, lesquels leur doivent d'avoir fait connaissance car ils travaillent dans les mêmes établissements : Annette au secrétariat du lycée et Léo au comité d'entreprise de la banque. Le coup de théâtre que tu attends se présente pendant une des absences annuelles de Gwenn : Matthieu reçoit un coup de fil du commissariat de Menton, sur la Côte d'Azur, qui lui apprend que sa femme a été victime d'un accident aussi terrible qu'inexplicable. La voiture, une Alfa

Romeo, a heurté de plein fouet la falaise à l'entrée d'un tunnel et pris feu. On a retrouvé un reste d'une carte d'identité au nom de Gwenn Arzel. Matthieu est sûr qu'il s'agit d'une erreur, sa femme est à Perros-Guirec, et la voiture de son beau-père est une Citroën ! Mais un coup de fil en Bretagne lui apprend que sa femme n'y a pas mis les pieds depuis deux ans. Au demeurant, l'amiral est bien aise d'entendre enfin son gendre "qui n'a jamais voulu faire sa connaissance en dépit des prières répétées de sa fille, blessée par ce refus". Abasourdi, Matthieu file à Orly prendre le premier avion pour Nice. Le commissaire qui l'accueille lui annonce qu'ils vont attendre l'arrivée par le vol suivant de "l'épouse de l'autre passager du véhicule accidenté". Gwenn n'était donc pas seule ? Tu devines qui se présente ?

— Non, tu n'as mentionné qu'Annette.

— C'est elle ! Gwenn et Léo sont morts ensemble à la frontière entre Vintimille et Menton.

— Bouf !… une simple histoire d'adultère ?

— Pas du tout. Je te passe les détails. Il se révèle que l'accident n'en était pas un : c'était un attentat probablement ourdi… par les services secrets britanniques ! pour éliminer deux combattants de l'IRA, l'organisation clandestine luttant pour la réunification de l'Irlande.

— Ça se complique !

— Les deux victimes revenaient de Libye où elles avaient peut-être contacté les services secrets du dictateur local, désireux d'entretenir les désordres des démocraties occidentales.

— Kadhafi. Restons vrais.

— Matthieu monte jusqu'à Belfast et Londonderry pour essayer de reconstruire ce qu'il n'a jamais connu : la vie cachée de sa femme. Il y rencontre brièvement le supérieur de Gwenn, sans doute amoureux d'elle : un certain McFergus.

— Quand écrit-il sa vie avant de la jouer ?

— J'y viens. Ce que je t'ai raconté jusqu'à présent n'était qu'une introduction, la condition d'un autre récit, qu'amorce la mort de Gwenn. Vidé de sa propre identité par ce violent dégrisement, Matthieu redescend un an plus tard sur la Côte jeter quelques fleurs sur le bitume, à l'emplacement de la catastrophe. Errant tel un zombie dans des paysages ensoleillés où rien d'autre ne l'attire qu'un souvenir funeste, dans l'après-midi il s'endort sur une plage bondée, entre des humains de tous âges qui ignorent son désespoir. À son réveil, au crépuscule, ne reste à son côté sur le rivage déserté qu'une jeune femme à l'accent chantant qui le trouble sur le champ. Il l'invite à dîner, mais c'est une nouvelle énigme qui lui tombe dans les bras, alourdissant encore son destin au lieu de l'alléger : elle ne se dévoile pas ; elle est sans doute mariée ? peut-être même à un maffioso monégasque ? Ils passent une nuit dangereuse ensemble dans un hôtel italien, de l'autre côté de la frontière.

— Ça se passe bien ? c'est fini ?

— Ça commence ! Au petit matin, il lui raconte… tout ce que je viens de t'exposer !

— En *flash-back* ?

– Ce qui donne d'emblée au récit une allure plus littéraire. Il faut conjuguer les verbes à des temps passés.

– Comment s'appelle cette ondine ?

– Elle ne le dit pas, elle a très peur d'être découverte et vendue par quelque dénonciateur. Il la baptise *Rune* parce qu'elle a l'épaule marquée d'une cicatrice énigmatique, semblable aux traits de cette écriture archaïque. Je ne sais pas non plus pourquoi. Le récit est, comme la vie, truffé de détails inexpliqués.

– Peu importe, s'ils ne sont pas décisifs ?

– Qui le sait ?

– Dieu sans doute. Tu me fatigues ! Donc, il raconte.

– Fortement incrédule, elle lui fait remarquer que son récit paraît emprunté à quelque "polar de gare" : une héroïne masquée, les affrontements politiques dans une lointaine Irlande, une intervention à Menton des 007 du MI6 britannique – *em aï six* – "c'est un peu trop, jeune homme". Matthieu lui sert en retour le discours auquel tu as toi-même eu droit sur les coups de théâtre improbables qui différencient les fictions de la vraie vie. Touchée par le désespoir de son amant d'une nuit, elle a alors l'idée de lui proposer une thérapeutique originale. Puisque sa vie ressemble à un roman, qu'il l'écrive !

– Nous y voici.

– L'impensable s'est produit dans son destin, c'est un scénario tout trouvé. Ce travail le distraira de son désespoir. Au petit matin, après de nouveaux ébats et un sommeil apaisé du futur écrivain, la conseillère a disparu.

» Bien sûr, il se jure de la retrouver. Mais il commence par honorer son conseil. Enfermé dans la chambre de l'hôtel italien, encore protégé d'un futur trop brûlant par la frontière proche, il couche par écrit l'histoire de son couple avec Gwenn et de la catastrophe qui l'a scellée. Le temps file, autour de lui comme sur le papier : voici déjà le récit de sa rencontre avec Rune et de la disparition de ladite. Après deux jours de travail, surgit alors la question qu'il n'osait anticiper : *"et maintenant ?"*

– Et maintenant ?

– La vacuité du présent se confond avec la blancheur de la page. Il n'est plus tout à fait dans le monde physique, il est dans son livre, ou plutôt il est dans les deux. Les chapitres suivants sont faits de sa recherche de l'amante inconnue pendant les journées successives, et de l'écriture de ces épisodes à la nuit tombée. Quelquefois, il annonce sur son manuscrit ce qu'il se propose de faire le lendemain, après quoi il s'accorde quelques commentaires sur la différence entre ce programme et le déroulement des événements effectivement survenus.

» Il renonce à son métier de prof parisien, il loue un appartement sur place. Il prend des risques, il ne se rend pas compte que sa quête menace celle qu'il traque et qu'il se met lui-même en danger…

– Comment finira ce ballet ?

– Je ne sais pas trop. Je suis hanté par une idée un peu abstraite que j'aimerais parvenir à intégrer concrètement dans le récit.

– Qui est ?

– Qui est que l'écriture, l'Écriture avec un "É" majuscule, n'est pas seulement cette fée bienfaisante que disent les historiens. Elle permet, certes, de se souvenir et de brosser la saga de l'humanité, mais elle perpétue aussi bien les erreurs que les vérités.

– Voir Socrate, Platon et l'origine troyenne des rois de France !…

– … et les Celtes, dont les druides professaient la même défiance envers l'écriture, responsable, à les en croire, du dépérissement de la mémoire et d'une forme d'irresponsabilité du sujet. À l'inverse, le locuteur revendique sa parole en même temps qu'il l'émet. Il explique, et il manifeste que c'est lui qui le dit.

– Pas faux.

– Je voudrais dénoncer sans le dire expressément les contrevérités historiques, à demi prouvées du seul fait qu'elles sont écrites ; les catéchismes et tous ces "petits livres" rouges ou verts dont ont usé nombre de tyrans pour transformer leurs fidèles en séides. Manipulations aggravées dans le cas de l'écriture alphabétique qui ne traduit que le son en se fichant du sens. Les mêmes lettres pour dire un tutoiement amoureux, une jupette de danseuse, ou un projet de meurtre : "tu", "un tutu", "tue !"

– Ça devient un essai !

– Non, précisément, je veux que ça reste une histoire sur ce fond, une aventure dans ce décor.


– La cavalcade de ton héros pourrait mal tourner, comme les rêves des dictateurs ?

– Un matin, son manuscrit se sera envolé. Il comprendra que l'idée de sa parution est devenue intolérable à Rune et à son mari parce qu'elle révélerait le faux pas de la première et l'infortune de l'autre. Ils ont subtilisé le brûlot, ce qui les rend de surcroît dangereux puisqu'ils sont capables d'organiser un tel larcin. Mais ils ne vont pas se contenter d'effacer cette trace. Ils vont se venger...

– Nouveau chapitre !

– ... en imprimant quelques exemplaires du bouquin ou même un seul : mais un texte qu'ils vont truquer, pervertir. Ils savent tout de la vie de leur ennemi puisqu'ils en détiennent le récit. Un matin, l'écrivain dépouillé reçoit la visite... de McFergus ! le supérieur irlandais clandestin de Gwenn, flanqué de quelques adjoints menaçants. L'homme a en mains un volume que Rune et son mari lui ont adressé à Belfast mais que l'auteur lui-même n'a jamais vu : son livre ! exactement respecté à l'exception de quelques lignes insérées qu'il n'avait pas écrites ; une allusion scélérate qui laisse entendre que le faux naïf a accès à un compte en banque suisse sur lequel Gwenn et Léo ont déposé le magot libyen... McFergus veut cet argent, dont l'apprenti sorcier n'a jamais entendu parler.

– Fichtre !

– Écriture diabolique.

– Il va mourir ?

– Je n'en suis pas là. On verra.

*

– Il y a peu de morts dans tes récits, quand le cours du réel ne cesse d'en charrier ?

– Si tu le dis. C'est pourtant un autre avantage des fictions, dont nous n'avons pas encore parlé, presque leur nécessité, que de permettre de simuler sans dommage l'interruption qui attend chacun de nous au terme de son parcours. La vie continue au-delà de l'agonie du point final, une fois la couverture refermée. Le péché de saint Paul est d'avoir donné à la vraie coupure de la mort l'allure d'un jeu : "pas d'inquiétude ! nous ressusciterons !"

» Parmi les auteurs frères que tu as cités l'autre jour, certains n'ont pas eu ma timidité. Dans *Le Hasard*, Krzysztof Kieslowski filme trois destinées différentes de son héros qui attrape ou n'attrape pas un train sur le quai d'une gare, dans la Pologne encore communiste. Dans l'une de ces vies, il ne rate pas que le convoi, il reste le dissident qu'il a été jusque là et traîne *ad æternam* une honnêteté aussi misérable qu'honorable. Dans une autre en revanche, contacté dans ce train par un émissaire du destin, il devient à l'inverse un cadre du Parti et profite des largesses du Pouvoir.

– Dans la troisième ?…

– Rien de tout cela. Qu'il ait sauté ou non dans le wagon, je ne me le rappelle plus, il poursuit ses études de médecine, il passe avec succès les épreuves de l'internat, il paraît promis à un brillant avenir hospitalier. Lorsque, un jour, son patron doit décliner, pour des raisons contingentes, une invitation à un congrès en Libye et lui propose de le remplacer…

– Encore la Libye !

– C'est à coup sûr, pour le jeune médecin, une chance qui lui permettra de commencer à nouer des contacts internationaux. Hélas, tu vas être contente, cette fois un missile abat son avion.

– Mais non, je voudrais détourner l'engin ! Y avait-il dans l'appareil un personnage politique dont des adversaires avait juré la perte ?

– Le pire, ou le plus troublant, c'est qu'on n'en sait rien. L'explosion est la dernière image du film. Ce voyage était une mauvaise pioche dans la donne du hasard.

**9.**

*Mourir*

– Et ce bobard d'or ? J'ai assez poireauté pour avoir acquis le droit de savoir.

– Tu te trompes de légume ! En fait, tu voudrais me carotter mon secret. Étonnants, non, ces échos potagers du langage ?

– Tu me dis ou je te quitte ?

– Combien tu paies ?

– Un baiser.

– Alors gagné !

– Je t'écoute.

– Je vais y venir, mais auparavant je voudrais m'attarder sur le cas (au singulier) des premiers évincés (au pluriel).

– Ciel ! comme on disait dans les mélodrames, délivrez-moi de ce tordu !

– Tu vas voir, c'est intéressant, et ma liberté de critique se trouvera renforcée lorsque je t'aurai montré qu'une trop forte addiction aux histoires peut aussi faire manquer une révélation renversante.

– Renverse-moi.

– En 1979, le merveilleux Georges Perec, prince de

l'OULIPO, publie dans une revue au tirage limité une très brève nouvelle intitulée *Le Voyage d'hiver*…

– L'Oulipo, c'est ce gang de littérateurs bouffons qui s'amusent à écrire des fantaisies sophistiquées en s'imposant des contraintes langagières comme l'obligation de respecter une forme, voire même l'interdiction d'employer une lettre de l'alphabet ?

– C'est bien ça. Ici, le second degré règne en cascades, car Perec nous présente un amateur découvrant par hasard un livre datant du XIX$^e$ siècle qui porte déjà le même titre que son texte. Les deux ouvrages vont de surcroît connaître des destins apparentés. Celui de Perec ne bénéficiera d'une véritable édition que plusieurs années après sa composition, quand, précisément, il conte la disparition, puis la recherche de l'unique exemplaire de l'ouvrage d'origine, signé Hugo Vernier.

– Je m'accroche !

– Là n'est pas l'essentiel. Le vertige nous saisit à la suite de l'enquêteur de Perec lorsqu'il ouvre le premier *Voyage*, dans lequel tout lecteur cultivé reconnaît d'emblée des "emprunts" puisés dans les œuvres d'une ribambelle d'auteurs célèbres, de Tristan Corbière à Huysmans, de Baudelaire à Rimbaud, Verlaine. Mallarmé. À ceci près…

– À ceci près ?

– À ceci près que le livre de Vernier est paru plus tôt que ceux de ses "modèles" qui sont donc en fait ses imitateurs.

– Aïe !

– *"Le chacal hantant des sépulcres de pierres,* *"l'interminable ennui de la plaine"*, *"la beauté de la mort"*, *"l'hiver lucide"*, et même *"je est un autre"*, tout cela avait déjà été écrit avant Catulle Mendès, avant Verlaine, Lautréamont, Mallarmé, Rimbaud. Ce qui permet à Perec de qualifier le texte magique de Vernier d'"anthologie prémonitoire".

– Les grands auteurs qu'on nous a fait adorer au lycée ne seraient que des plagiaires ?

– Cauchemar déjà saisissant, mais qui pourtant me paraît rabaisser le génie de Perec. Plusieurs de ses frères oulipistes se sont amusés à prolonger sa nouvelle de "suites" diverses. Or, puisqu'il était dit que le livre de Vernier s'était volatilisé, chacun d'eux s'est contenté de produire une version de cet évanouissement. Certains de leurs récits sont drôles, comme celui qui met en scène Hitler rêvant de déconsidérer toute l'intelligentsia française en s'appuyant sur ce libelle qui la réduit à un minable ramassis de faussaires. Mais on peut les tenir pour des plaisanteries de gare. Ces fins spécialistes de la littérature s'en sont tenus à la grosse farce du plagiat et se sont montrés esclaves de la forme "polar".

– De quoi te satisfaire ?

– Exceptionnellement non. En lisant la nouvelle de Perec, j'ai préféré fuir ces deux pièges trop simples, pour admirer une élégante et vertigineuse mise en scène de la prégnance des cultures sur les humains que nous sommes. Pour moi, Verlaine et Mallarmé retrouvent à leur insu les formules de Vernier qu'ils n'ont jamais lues – pas de plagiat – parce que tous fonctionnent à l'intérieur du même bocal, s'émeuvent des mêmes sentiments, puisent dans la même réserve de tournures langagières. En un sens, ils ne pouvaient pas produire autre chose.

– En créant, ils ont obéi.

– Au demeurant, il m'apparaît que le récit de Perec comporte un indice flagrant qu'aucun de ses continuateurs n'a relevé. Avant la collection de "citations par anticipation", le texte de Vernier, explique-t-il, s'ouvre sur un prologue "d'allure initiatique" qui présente un jeune voyageur…

– Nouvel étage, nouveau degré !

– … "arrivant au bord d'un lac noyé dans une brume épaisse, où l'attend un passeur qui le conduit sur un ilot escarpé au milieu duquel s'élève une bâtisse haute et sombre".

– C'est *Le Grand Meaulnes* !

– Au cinéma, *L'Éternel Retour* ou *Marianne de ma jeunesse*. En peinture, *la mer de nuages* de Caspar David Friedrich. Surgissent encore deux vieillards "étranges, drapés dans de longues capes noires", qui conduisent le jeune homme jusqu'à une pièce où l'attend un repas. "Et c'est sur ce souper solitaire que s'achève la première partie."

– Quel rapport avec les citations ?

– Aucun, mais apparemment seulement. Peu importe que l'on soit ici plus près des effusions romantiques ou du tape-à-l'œil symboliste que de la rigueur du Parnasse, il est évident que Perec s'amuse et avertit son lecteur qu'il va lui proposer une promenade dans les poncifs de la littérature. "Rencontres fortuites, influences affichées, hommages volontaires, copies inconscientes, volonté de pastiche, goût des citations, coïncidences heureuses", suffiront alors à expliquer que "des expressions telles que *le vol du temps, brouillards de l'hiver, obscur horizon, grottes profondes, vaporeuses fontaines, lumières incertaines des sauvages sous-bois,* appartiennent de plein droit à tous les poètes…"

— On retrouve la remarque de Stephen King assimilant toute création d'un nouveau récit à un vol.

— Tu l'as dit.

— Mais tout de même…

— Oui ?

— On n'imagine pas les *coups de dés* de Mallarmé ou les *Illuminations* de Rimbaud sous d'autres plumes que les leurs…

— Tu veux bien me laisser une once de mauvaise foi ?

— D'accord ! Néanmoins, pas de bobard d'or pour Perec ?

— Ce sont les "suites" un peu faibles de ses collègues qui lui coûtent le prix : des fictions, certes, mais précisément quand il fallait s'en libérer. La révélation, pour une fois, était du côté des idées.

*

— À qui va donc ta voix ?

— Roulement de tambours, trompettes de la renommée : à Arthur C. Clarke.

– Vraiment ? C'est banal.

– Mon choix ne tient pas à *2001, l'Odyssée de l'Espace*, trop imitée depuis le film de Kubrick, mais à une brève nouvelle moins abstraite que *Le Voyage d'hiver*, immédiatement lisible par tous, qui manifeste néanmoins tout ce que je t'ai raconté sur les passages entre les fictions mythiques et l'Histoire réelle. Je la trouve indépassable, parce qu'elle est d'une terrible simplicité, parce qu'elle tresse sans détours les croyances les plus répandues avec les vérités les mieux établies. Sa netteté, sa fin sans appel, s'opposent à la facilité à laquelle cèdent bien des auteurs, consistant à accumuler des étrangetés alléchantes sans s'obliger ensuite à les expliquer.

– Des noms !

– Par exemple David Lynch ou Paul Auster, dont le talent de conteur n'est pas en cause. Mais les mystères ne sont licites que s'il sont factuels, propres à la nature des choses, comme les énigmes auxquelles se heurtent les scientifiques. Je n'aime pas trop les intrigues volontairement construites pour être sans solution.

– Revenons à Clarke. Je lui prête mes oreilles, mes neurones...

– ... et à moi tes papillons roses.

– Après. Inocule-moi d'abord ce rêve.

– Le récit est lui-même présenté sous la forme d'une histoire contée. Le narrateur se trouve à bord d'un vaisseau spatial qui revient vers la Terre après une longue mission : c'est un jésuite qui remplit les fonctions d'aumônier au sein de l'équipage, mais il annonce d'emblée qu'il a perdu la foi. Ils sont allés explorer un coin de l'espace où les astronomes avaient repéré les restes d'une *supernova*, de l'une de ces étoiles déchues semblable à celles que les Chinois ont pu voir brûler en plein jour pendant quelques heures en 1054 ou l'astronome danois Tycho Brahé en 1572. Notre soleil lui-même connaîtra cette fin foudroyante dans quelques milliards d'années. Là, au milieu de débris informes, ils sont tombés sur une petite planète calcinée par l'embrasement titanesque de son étoile, et ils se sont posés sur cette image future de la nôtre. Un obélisque fondu dont il paraissait impossible que la forme fût naturelle les a alertés. Ils ont trouvé un tunnel descendant dans les entrailles du sol, qui les a menés à une sorte de régie de télévision en parfait état de fonctionnement. Le lieu avait donc été habité, et ainsi se trouvait déjà résolue une première énigme : il y avait ou il y avait eu dans l'univers d'autres vies que les nôtres, dont les textes sacrés du reporter en soutane ne disaient mot. Que savaient ces frères lointains de la Création biblique, d'Adam et Ève, de Jésus-Christ ? Devinant le sort qui leur était promis en apercevant les signes de faiblesse de leur soleil, les malheureux – très semblables aux hommes – avaient préparé des archives audiovisuelles à l'intention de visiteurs éventuels : pour survivre au moins dans leur regard. L'aumônier sent une deuxième fois ses certitudes vaciller en découvrant les images émouvantes d'une civilisation merveilleuse, de foules heureuses et bonnes, ignorantes du Mal, préservées de toute Chute, de tout péché, et néanmoins cruellement abandonnées par Dieu, comme les dépravés de Sodome, aux ravages d'un feu céleste. Mais son émotion et celle du lecteur culminent lorsque les calculs de ses compagnons physiciens permettent de dater précisément l'explosion... Tu es prête ?

– J'attends.

– Cette étoile folle qui a transformé en fumée des millions de petits enfants innocents était celle-là même qui, dans le ciel de Bethléem, annonçait à trois Rois Mages et à toute l'humanité la naissance d'un bébé Sauveur...

– Ouch ! masse-moi, je respire mal.

– Idée prodigieuse, recette monstrueuse mais physiquement possible. Dans un premier chaudron pétrissez l'histoire du christianisme, les martyrs, les croisades, les milliers d'églises de nos villages, la cathédrale de Chartres, la *Messe en si mineur*, la *Cène* et la *Pietà*, les massacres des juifs ; réservez. Dans une autre marmite, faites revenir les piments de la science, l'évolution de l'univers, la vie et la mort des étoiles, les trous noirs, les premiers organismes... Mélangez, touillez le tout, gratinez et servez chaud !

– Bobard d'or, d'accord !

– Récit apocalyptique terrible opposant le credo de la première religion mondiale aux certitudes universelles de la science. Voici que les lois de la physique surpassent la bienveillance du Créateur.

– Bobard d'or... ou Satan de diamant !

– Au Moyen Âge ou même il y a seulement quelques

siècles, Arthur C. Clarke aurait pu redouter une condamnation du même ordre que celles qui ont frappé Giordano Bruno et Salman Rushdie.

– Son texte a dû échapper à Khomeiny et à Monseigneur Lefebvre ! En fait, j'ai de quoi disculper le Bon Dieu.

– Oui ?

– Il dormait ! Sa sieste s'était prolongée sur quelques millions d'années.

– *Tsimtsoum !*

*

– Pauvres rois mages roulés dans la farine ! Tu peux encore écrire après cette *Étoile* satanique ?

– "Affirmatif !" comme disent les grammairiens et les adjudants. Au-dessus ou au-dessous de ces fables fondatrices de cultures, que reste-t-il ? la Nature. Je cherche un récit qui mette en cause jusqu'au réel lui-même ; jusqu'au fait qu'il y ait quelque chose plutôt que rien, comme disait Leibniz ; et que ce quelque chose soit celui-là, non un autre.

– J'écoute.

– À la vérité, je préférerais en faire un film plutôt qu'une nouvelle écrite. L'image sonore aurait une présence immédiate qui accuserait le vertige du thème, tandis que les mots dresseront un mur qui cachera le monde autant qu'il le peindra.

– Je me cale dans mon fauteuil. C'est Buñuel, je crois,

qui disait que l'extinction des lumières dans une salle de cinéma fait penser à la fermeture des yeux d'un rêveur.

– Je te lis, c'est un premier jet.

– Tu as un titre ?

– *L'Expérience*, avec un grand *E*.

– Au sens du savoir accumulé au fil de la vie ?

– Pas du tout. Au sens d'une manipulation de laboratoire. C'est l'histoire d'une jeune fille sage d'une vingtaine d'années, étudiante à l'ancienne Faculté de Droit de Paris, dont le bâtiment fait le coin des rues Saint-Jacques et Soufflot, sur la place du Panthéon.

– C'est précis.

– À un film il faut un décor. *Aux grands hommes la Patrie reconnaissante.* Rousseau, Voltaire, Jaurès, Jean Moulins. Zola, mais tout de même pas Dreyfus ni Charles Trenet. Depuis peu, avec retard mais donc aussi avec l'onction supplémentaire de deux siècles de maturation, l'abbé Grégoire : *Essai sur la Régénération physique, morale et politique des Juifs* ; et puis *Rapport sur la nécessité et les moyens d'anéantir les patois et d'universaliser l'usage de la langue française.* Ah mais ! "Liberté, égalité, fraternité » : enfin presque.

– Tu t'égares ?

– C'est là tout ce qu'il faut pour que l'étudiante se souvienne, en arpentant les trottoirs animés dont les librairies ont fui devant les fast-foods, que le Droit a une histoire. La Grèce, Rome, l'Église, la prise de la Bastille, Léon Blum, Pétain, De Gaulle. La personne, la propriété, la démocratie, l'école, les congés payés, les droits et les devoirs. La rouelle, l'étoile jaune. L'Inquisition, la Terreur, le Goulag, Auschwitz. Un formidable nuage qui pèse sur les humains… Les matins ne recommencent pas à neuf.

– J'ai la tête qui tourne, je croyais que c'était un conte.

– Ces majuscules ne dessinent qu'un arrière-fond. Elles impressionnent comme toi la donzelle, elles l'attirent confusément et lui font un peu peur. Fabienne, c'est son nom, ne saurait dire clairement pourquoi elle a renoncé, dès le lendemain de son baccalauréat, aux études scientifiques qu'elle avait toujours envisagées. Les raisons de sa décision lui paraissent obscures et bizarrement lointaines, presque extérieures à son désir. Elle suit des cours de Droit, mais le soir elle continue à lire des revues de vulgarisation, de biologie, de physique ; quelques manuels de philosophie. C'est comme ça.

» Elle habite de l'autre côté du jardin du Luxembourg, au bas de la rue Vavin, chez une charmante octogénaire qui lui cède une chambre en échange d'un peu de ménage le matin et de quelques soirées où elle lui tient compagnie. Madame Legris a toujours vécu dans cette maison qui abritait autrefois l'étude notariale de son père. Elle connaît avec force détails l'histoire du quartier et de ses bâtiments, la généalogie des familles qui les ont habités, les comédies et les drames qui s'y sont déroulés puis éteints avec le départ ou la mort des individus concernés. Les récits qu'elle en fait passionne la jeune fille comme des preuves du monde qui l'entoure. Car la mignonne est née dans un milieu modeste et un environnement rural encore qu'assez proche de la Capitale, une ferme de l'Essonne, quelque chose comme ça. Or, précisément, quoi de plus morne et de plus déprimant que ces campagnes condamnées, cédant chaque matin quelques vénérables champs de blés, quelques anciens vergers, aux bulldozers des constructeurs de banlieues ? Elles n'intéressent que les photographes qui parviennent à réunir dans le même cadre les signes des époques successives. Il est fréquent que la vieille dame finisse par s'endormir en mélangeant les épisodes du trop long feuilleton de sa vie, offrant alors à son auditrice le spectacle de son visage muet, chargé d'informations retenues ; le mystère de sa tête bienveillante et usée qui paraît figurer la planète dont elle est l'un des fruits. Des peuples qui grouillent, se développent et s'affrontent. Des milliards de cuisses ouvertes, inondées de cataractes de sperme. Des cris, des bébés qui naissent. Des javelots crevant des poitrines, des gorges tranchées.

*"Le monde est vaste"* fait partie des mantras que Fabienne écrit sur de petits billets déposés chaque soir dans sa "boîte à secrets" et consultés au matin. Elle s'amuse volontiers elle-même de leur banalité mais elle entretient avec détermination et plaisir ce petit jeu qui alimente ses espoirs d'un avenir passionnant, pour l'instant inconnu.

» Personne d'autre n'ouvre la boîte, pas même son copain Jules. "Votre petit ami", préfère dire M^{me} Legris qui a immédiatement toléré que le jeune homme reste à l'occasion dormir avec sa douce. "Enfin, *dormir* !" a-t-elle même commenté d'un ton comiquement égrillard dès la première demande des jeunes gens. "Moi, a-t-elle poursuivi, le soir de ma nuit de noces, je ne mesurais guère ce qui allait m'arriver ! J'ai couru autour de la chambre pour échapper à mon amoureux de mari. En riant, mais autant de peur que de désir ! – Une vraie mêlée ! s'est esclaffé Jules, en amateur de rugby. – On ne m'avait jamais rien dit de bien clair, a soupiré l'ancienne promise. Mes craintes se sont apaisées en découvrant que mon époux était à peu près aussi mal informé que moi. Nous avons revécu ensemble les maladresses d'Adam et Ève, de Paul et Virginie. Nous avons été des amants délicieux, et dès ce premier soir. Pourquoi a-t-il fallu qu'Il me l'enlève ?" a-t-elle gémi, les yeux noyés de larmes, l'index levé vers le crucifix surplombant la porte du couloir.

"La marraine de ma mère, a enchaîné Fabienne pour détendre l'atmosphère, lui avait offert une chemise de nuit comportant une fente à la hauteur adéquate, au-dessus de laquelle était brodée l'inscription *Dieu le veut* ! – Mes chéries, a effrontément lancé le garçon dans les rires, secouons cette poussière... – ... qui nous fait bien rire et rajeunit la vieille dame que je suis ! – Oubliez les broderies et le bon Dieu ! Si on allait finir la soirée en discothèque ? – Ah bien, s'est exclamée M^me Legris, vous pouvez jouer les modernes, vous, avec votre prénom archaïque : *Jules* ! Quelle idée de ressusciter un pareil sobriquet ! – Vous en parlerez avec mes parents. Ils sont *fans* de César ! – Ou des anciens dancings pour mauvais garçons ! Bien, mes enfants, aidez-moi à regagner mon lit et mes souvenirs."

» L'Histoire, toujours l'Histoire. Un monde fasciné par l'éternité, abandonnant l'avenir au hasard. D'où est venue à Fabienne ce soir-là l'étrange idée que les choses étaient dans l'ordre, qu'il fallait que sa vie fût d'abord "conforme", mièvre et conventionnelle, pour que "le coup de théâtre" fût plus fort ? Elle avait mal au tendon du coude droit dans lequel elle sentait battre le sang. Pourtant, elle ne jouait pas au tennis ? et elle portait toujours ses classeurs du bras gauche en allant à la Faculté ?

» Une nuit, tandis que dort son fougueux partenaire, elle explore délicatement les formes de leurs deux corps. Le doux sillon de l'aine, le petit sac de chair de l'homme et le puits mystérieux de la femme. Les jambes, le ventre, les mains, les dix doigts : pourquoi dix ? pourquoi les yeux, tout au moins de tels yeux ? les fesses, les bouches, les portes des sphincters ? Et pourquoi de tels mots : "doigts", "yeux", "fesses", "sphincters" ? *Sfink-tair*, *sphinx-terre*. Elle imagine d'autres façons de les écrire pour mettre en évidence l'étrangeté des sons. Jules, qui prépare un certificat de linguistique, a beau lui dresser de magnifiques matrices de l'évolution des langues, il a bien fallu que ces timbres apparaissent de la mer du *rien* ; que des cultures prennent forme dans le marais des astres, des molécules, des êtres, du temps. Jules dort. Est-ce qu'il dort vraiment ? Dans quelle partie cosmique sont engagés ses neurones ? Cent cinquante milliards dans chaque tête, autant que d'étoiles dans la galaxie.

» À la vérité, Fabienne a mis quelques semaines à se donner à son ami et à oser toucher, caresser cet autre si semblable et si différent. Son adolescence a ressemblé davantage à celles que décrivent les romans du XIX$^e$ siècle qu'à celles que mettent désormais en images les magazines de mode.

– Fabienne Emma.

– Mais "un beau jour", ainsi que le tournent les contes, les barrières de sa pudeur se sont inexplicablement levées, comme la fatigue d'un coureur auquel son entraîneur a fait boire quelque drogue à son insu. Les gros malins diront que c'est l'effet d'évolutions biologiques et de contaminations sociales, que la jeune adulte adopte petit à petit le comportement propre à son âge et aux modes du jour. Mais Fabienne préfère continuer à s'étonner des cadeaux de son corps, dans lesquels elle lit avec émotion des échos venus du futur de son imprévisible destin. Les mutations qui écrivent le grand récit de la Vie ne sont d'abord que des "fautes de frappe" dans l'inlassable recopie du "texte" de l'ADN, avant d'être "adoptées" si elles sont par hasard fructueuses.

– On y revient !

– La course de Fabienne pourrait-elle n'être elle aussi qu'une suite d'erreurs sanctifiée en état des choses ? Ou bien lui a-t-on administré quelque dose ? Est-ce que cette douleur au coude pourrait être la marque d'une perfusion ?... Est-ce que d'imprécises volontés lui composent une invisible couronne ? d'or ou d'épines ?

» Lorsque arrivent les premiers jours de l'été et que Jules lui propose de l'emmener au soleil du midi, elle décline l'invitation. Il veut la présenter à ses parents, ils iront marcher sur les pentes des Cévennes, repérer la frontière des cigales, se baigner dans des torrents frais, dans de petits étangs tièdes. Mais elle préfère rester à Paris, dans cette ville bien réelle qui est devenue son pays. Elle écoute les dernières suppliques de son amoureux comme un discours publicitaire plaisant mais vaguement douteux. Il est gentil, elle se contente de le lui dire. Tandis que secrètement, pour conforter sa décision, elle se demande ce qui lui prouve que ce paradis cévenol existe. Comment se sortira-t-elle du piège si soudain le train déchire la toile peinte de la campagne et pénètre dans un espace gris ou bien se délite en un tas d'escarbilles ?

— Comme le décor du *Truman Show* ?

— Ici, pas de publicitaires cachés ! C'est avec le Créateur ou ses commis que bataille Fabienne ! Si l'horizon s'effondre, quelle trace lui restera-t-il de sa chère réalité ? Quelle différence entre ses prétendus souvenirs et des idées qu'on viendrait de lui injecter dans la tête ? A-t-elle eu une enfance ? Y a-t-il bien dans une vallée de l'Essonne une fermette de carte postale abritant de soi-disant maman et papa ? Elle n'a pas le courage d'aller vérifier, elle reste à Paris… *Et si la France, la planète, l'univers entier n'avaient été créés que pour elle ?*

– Brrr !… Le cauchemar absolu !

– Ontologique. Dès le lendemain du départ du jeune homme, les voix font leur apparition. Le soir en cherchant le sommeil, mais aussi bien dans la journée à table, en marchant dans la rue, elle entend un groupe de bavards au sexe indéterminé parler une ou des langues indistinctes : à la vérité *presque* indistinctes, mais pas assez pour qu'elle ne puisse saisir par bribes le sens de certaines interventions ; notamment quand elles prennent le ton de vives exclamations, de mises en garde contre des mesures erronées ou des oublis dommageables. Fabienne n'est pas folle. Tu n'es pas folle, ma fille ! Il lui arrive, bien entendu, de se demander si l'absence de Jules a pu priver son corps d'une ressource devenue nécessaire. Son petit ventre appelle la ferme certitude du membre de son ami, la rivière chaude du sperme blanc. Des gouttelettes de sueur lui picotent aines et aisselles ; le dessous des seins, les plis des orteils, le front, les joues. Mais la vérité des voix ne fait pas question.

» Un matin, le tintamarre devient tel qu'elle se plante devant le miroir de la salle de bains pour tenter de découvrir enfin quelqu'un derrière elle. Personne ne se montre, mais le scénario s'enrichit d'un nouveau développement : ses propres gestes commencent à lui échapper. Par instants, son coude douloureux se plie, l'avant-bras qu'il coiffe remonte violemment et la main frappe le creux de l'épaule opposée. Elle revient s'allonger sur le lit dont elle a inutilement lissé la couette, mais la catastrophe et le suspense se prolongent. Son corps se tend comme celui d'une nonne hystérique habitée par le diable ou par quelque désir. C'est terrible, c'est intéressant.

– *Théorème* de Pasolini.

– Ah ? Je veux bien. Elle ne souffre pas. Mais désormais elle va devoir guetter ces réactions monstrueuses, les cacher en présence de Mme Legris et de la concierge, de l'épicier, de la boulangère ; remonter bien vite s'isoler dans sa chambre pour laisser libre cours aux gesticulations sacrées. "Croyez-vous qu'elle soit consciente ?" demande l'une des voix. "Pas encore en principe", répond une autre, "le risque n'existe qu'en phase 2". "Mais si, mais si", murmure Fabienne en laissant échapper un sourire : "elle vous entend, de plus en plus clairement."

» Elle est forte. Elle continue à lire les journaux et même à se promener dans le jardin du Luxembourg, en préférant les allées peu fréquentées qui bordent les rues Auguste Comte et Guynemer. Il se passe dans le monde des phénomènes étranges qu'il faut aller débusquer dans les pages des faits divers ou dans les interviews radiophoniques.

» Des confidences d'un romancier qui disserte par ailleurs gravement de l'utilité des fictions, Fabienne ne retient qu'une anecdote. Le bonhomme avait eu dans son enfance les mains couvertes de verrues. Sa grand-mère pourtant bigote lui avait fait compter ses métastases, puis disposer le soir à l'entrée du village une enveloppe contenant autant de haricots, en assurant à l'enfant que le premier passant qui ramasserait le paquet diabolique emporterait aussi les verrues. Dans la semaine suivante, les mains du gamin étaient redevenues saines. Mais, regrette l'auditrice, s'il est imaginable que le corps et l'inconscient de l'enfant aient mobilisé des ressources suffisantes pour faire plaisir à l'aïeule, l'important serait de savoir si le ramasseur des haricots a vu apparaître sur les siennes les protubérances maudites. "Quelqu'un suit cette histoire d'enveloppe ?" demande une voix. "C'est marginal, on ne va pas surveiller toutes les fractales." Et Fabienne de voir son pied droit frapper le sol à deux reprises, puis se tordre avant de s'immobiliser de nouveau. "Attention, elle bouge !"

– Brrr, brrr, brrr !

– D'autres brèves dans les journaux. Un magazine scientifique raconte que, dans une île du Pacifique, une guenon a découvert que les tubercules que ses congénères déterrent depuis des siècles sont plus goûteux une fois débarrassés des grains de sable : elle a donc entrepris de les laver dans la mer, bientôt imitée par toute la tribu. Mais il reste inexplicable que les macaques des îles voisines, sans contact avec les premiers, aient immédiatement adopté le même comportement, comme si un oiseau était venu leur susurrer l'information nécessaire. Le monde paraît truqué.

» Un prix Nobel de chimie a été appelé à témoigner dans un procès opposant deux trusts planétaires : l'un se trouve soudain privé d'une réaction jusque là sans défaut, qui lui permettait de produire un précieux polymère, et accuse l'autre d'avoir empoisonné l'atmosphère terrestre par quelque poussière nocive interdisant désormais la catalyse. Mais le savant professeur a soutenu devant les juges ébahis que "certains phénomènes peuvent soudain cesser d'exister, disparaître du réel, de l'univers entier".

» La tragédie se précise. Un soir, Fabienne constate en passant devant la loge que le metteur en scène s'est trompé dans la distribution des rôles. Il a fait grimer M$^{me}$ Legris en concierge et installé la bourgeoise sur la chaise de la prolétaire. La tristesse du sourire que l'actrice adresse à la jeune fille laisse deviner qu'elle n'est pas dupe de cette pantomime : mais sans doute ne lui est-il pas permis de l'avouer…

– Attends ! quelle actrice ?

– C'est ce que se dit Fabienne.

– Elle est folle !

– C'est si elle ne l'est pas que le récit se fait vertigineux. Les voix sont indistinctes, fondues dans un brouhaha qui se mêle au tintamarre de la circulation, une fois le portail franchi. L'héroïne malgré elle n'éprouve aucune surprise en apercevant Jules qui vient à sa rencontre sur le trottoir de la rue d'Assas. Sans coup de théâtre, pas d'histoire.

"Tu me manquais trop, récite le jeune homme, je suis rentré hier soir. Je t'emmène au Parc. Ne dis pas non. Au Parc des princes. Le PSG reçoit Marseille. J'ai des billets. – C'est seulement pour le match que tu es revenu ? – Pour toi aussi. – On va voir."

» Ils s'embrassent et décident de descendre à pied jusqu'au carrefour de l'Odéon pour prendre le métro. Ou bien directement Boulogne, et marcher un peu à partir de Michel-Ange Molitor. Ou bien direction Porte de Clignancourt, changer à Strasbourg Saint-Denis, prendre Pont de Sèvres et sortir Porte de Saint-Cloud.

– Quel intérêt ?

– Pour ne pas oublier le réel.


» Ils marchent enlacés et joyeux. Il est doux de se retrouver, leurs odeurs les enivrent. Lorsqu'ils émergent devant la fontaine dont les grandes eaux s'ornent de petits arcs-en-ciel dédoublant les néons des enseignes, les voix sont devenues parfaitement claires, et Fabienne devine qu'elle devra sans tarder prendre une initiative pour ne pas se laisser déborder.

"Je crois que nous avons trop réinjecté", dit la plus grave d'entre elles. "Elle est présente. Il est possible qu'elle décide de mettre elle-même un terme au protocole. C'est un cas assez rare, signalé dans les archives. Lancez tous les enregistreurs pour observer comment le décor va s'effondrer. – Qu'allons-nous faire des figurants ? – Ils font partie des données. Si le réglage est bon, il ne devrait rien en rester. *Déchet zéro.*"


» Le match est commencé, je ne me rappelle plus du score…

– Idiot !

– Soudain, la jeune fille quitte le bras de son ami et

descend les gradins jusqu'à l'un des policiers qui garde une porte basse donnant sur la pelouse.

"Vous permettez ? dit-elle en saisissant l'arme du fonctionnaire, elle est chargée ?" L'homme ne répond pas, et pour cause : ce n'est qu'un mannequin dont les traits coulent sur le visage de plastique. Tous les spectateurs se sont semblablement figés. Quelques joueurs courent encore, mais la plupart d'entre eux se sont liquéfiés, tachant l'herbe des couleurs de leurs maillots. Fabienne s'applique le canon du revolver sur la poitrine et tire.

» Rien, sinon un trou béant à la place du cœur. Son triomphe la fait rire. Quelle perspicacité ! Le stade entier s'évapore. Jules est le dernier à disparaître, avec un geste de regret franchement comique.

» Ne reste que le champignon de lumière dominant une table d'opération. Impossible de voir à quoi ressemblent les maîtres sous leurs blouses et leurs masques.

– Des *Élohim* ?

"C'était un peu trop lourd", constate l'un d'eux, "cette planète, ces galaxies, cette fable d'un Big Bang, Toumaï, Lucy, Platon, Aristote, une crucifixion, quelle imagination ! quelle surcharge ! des dieux, des livres sacrés, des massacres, des théorèmes, des progrès, Galilée, Newton, Einstein, Pincus : tout cela pour un seul cobaye ? Je déclare *L'Expérience* close."

» Tels sont les derniers mots que perçoit Fabienne.

– Pour moi, ça commence.

**10.**

*Souffrir*

– Quel temps ! Ton parapluie s'est retourné ? Tu es trempée.

– Tu me rends folle avec tes aventures. Le destin de cette Fabienne n'est pas sans conséquence alentour... Si le monde n'a été créé que pour elle, quid de nous, de moi ?

– Nous sommes les conteurs.

– Les chirurgiens ? Au diable les Élohim ! En fait, c'est toi qu'elle aperçoit, penché sur elle ?

– Il y a de ça. Dans *Le Dernier Jour d'un condamné*, Victor Hugo fait parler son malheureux jusqu'à la minute de son exécution. Où était l'auteur ? dans le miroir de la lame ? Le texte avait impressionné Dostoïevski, lui-même coutumier des récits à la première personne et condamné à mort dans sa jeunesse avant d'être gracié...

– Je suis épuisée. L'autre jour, je t'ai dit que je ne savais plus qui tu étais. Mais maintenant c'est ma propre vie qui m'échappe. J'ai peur d'une destinée plate, qui n'en serait pas une. Il ne m'arrive rien, je me sens dépassée par des tas de circonstances qui pourraient être heureuses mais qui me laissent en plan ; tu vois ce que je

163

veux dire ?

– Non.

– Je trouve que les gens ou les profs qui me le font sentir ont raison.

– Qu'est-ce qu'ils te font sentir ?

– Cette platitude.

– Meissonnier ?

– Laisse Meissonnier tranquille ! Tu veux bien m'écouter, pour une fois ? Je te parle de moi !

– Calme-toi, chérie. Tu es magnifique !

*La fille sous la pluie,*
*Un regard qui s'égare,*
*Les baisers inchangés.*

» Ma parole, je donne dans les rimes internes ! Des *i* longs dans le premier vers, des *gar* dans le second, des *é* brefs dans le troisième. Les vieux bardes m'adoubent !


– Ça en fait au moins un de content. J'ai passé en revue les histoires que tu m'as servies, et je n'y trouve rien qui me concerne, rien qui me ressemble.

– Je ne les ai pas conçues pour t'en encombrer. Elles me sont venues, et je t'en ai fait la confidence.

– Je ne suis l'origine de rien, personne ne m'a coupé la tête. J'ai une vie unique et pitoyable. Je ne suis pas en grève et je ne fais pas rire les extraterrestres. Je ne porte pas de lunettes noires, je ne suis pas morte sur la côte d'azur, je n'ai pas de cicatrice sur l'épaule, tu n'appartiens pas à l'IRA…

– Qu'est-ce que tu en sais ?

– Le soleil n'explose pas, le monde n'a pas été construit autour de moi. Je veux le découvrir ailleurs que sur des feuilles de papier ou sur un écran d'ordinateur.

– Je vais cesser de te prendre à témoin. Oublie un peu mes rêves, retrouve la barque de ta vie et le cours du réel… C'est curieux, le mot "témoin" n'a pas de forme féminine.

– Je hais ta grammaire ! Tu ne me comprends pas. Je voudrais moi aussi *une histoire*, un de ces romans truffés de coïncidences plaisantes ou dangereuses qui donneraient une forme à mon destin.

– Tu l'as, cesse de chercher ! Imagine une fille qui attend que ses parents dorment, qui leur verse peut-être double dose de somnifère…

– … mais non !

– … pour venir se faire sauter chaque soir par son gentil voisin…

– … pas chaque soir ! et pas "se faire sauter" !

– Cet aperçu ne me paraît pas si banal. J'achète le bouquin !

– Ton vocabulaire m'écœure, je croyais que nous faisions l'amour.

– Pardonne-moi.

– À la vérité, ce scénario est le tien. Je n'y joue que les "utilités", comme disent les dramaturges. Ce sont tes histoires qui le charpentent. Si on écrivait le *verbatim* de nos rencontres, on verrait que tu es presque le seul à parler.

– Le livret, ce serait plus joli…

– Il ne me resterait que des "j'écoute", "explique !" ou "comment ça ?"…

– Il me semble même que quelquefois tu te contentes de : "Oui ?…"

– Goujat ! Je veux un premier rôle ! Je voudrais que ma vie ait de l'allure, qu'elle puisse un jour être contée elle aussi et retenir ses auditeurs.

– C'est le soupir d'Hélène dans *L'Iliade* : *"Zeus nous a fait une mauvaise destinée afin que plus tard nous soyons un sujet de poème pour les hommes à venir."*

– Je suis plus ambitieuse, je ne renonce pas au bonheur ! Et je me moque du plaisir des lecteurs futurs, je veux le poème pour moi, je veux le vivre !

– Tu veux gagner au Loto.

– J'accepte de rester pauvre si c'est intéressant.

– Le problème, car il y en a un, c'est qu'un hiatus sépare l'instant présent – sans dimension mais vrai – de ton futur rêvé ou de ton passé raconté ; une faille maligne qui menace ton espoir, qui le rend presque absurde. Les événements qui pourraient transformer ton traintrain quotidien en fable de haute volée, tout au moins en roman à suspense, sont par définition imprévisibles et objectifs, sans sujet organisateur, sans auteur, sans créateur si tu veux. Quand ils surviennent, "c'est comme ça". Personne ne les a pensés, personne n'y peut rien. C'est toute la différence, dans le statut des péripéties, entre la fiction et la réalité…

– La triste réalité…

– C'est parce qu'il se produit quelque chose d'impensable que naît une histoire piquante. Mais, comme c'est impensable, il ne te reste qu'à attendre et espérer. Ou te désoler. Tu veux domestiquer le hasard, ce qui ne se peut. C'est un dieu, pauvre mortelle !

– Je ne serai pas la Fabienne de *l'Expérience*.

– Les lombrics m'attendent. À ce soir, ou à demain.

– Je ne sais pas si je reviendrai.

*

– Enfin ! Où étais–tu ? On se déshabille ?

– Non.

– Je t'ai aperçue hier matin, au ras de mes talus. C'était étonnant. Je ne voyais ni ton corps ni ta bicyclette, mais seulement ta tête qui filait à l'horizontale.

– Tu m'avais enfin décapitée !

– Tu étais comme un médaillon, et le pays devenait mon corps. Je me tâtais la poitrine pour tenter de t'arrêter. Et toi tu pédalais !

– Tu m'as décérébrée si tu ne m'as pas tranché le cou.

– Je n'ai jamais fait que t'aimer.

– Je vais de plus en plus mal, je ne sais plus ce que je pense, j'ai tout le temps envie de vomir…

– Je n'ai pas compris que tu ne me rejoignes pas dans mon champ. J'ai sauté le déjeuner tellement j'avais l'estomac tordu. J'ai demandé conseil à mon assistant…

– Oui ?…

– Tu vois, c'est ton mot ! Le goéland !

– Ton directeur de thèse.

– Ah, j'aime bien te voir sourire !

– C'est provisoire.

– En fermant les yeux, je me suis envolé avec lui. J'avais des plumes sur les bras, comme certains dinosaures ai-je lu. Mais il y avait beaucoup de vent, le patchwork brun et vert ne m'a pas retenu. C'était toi que je cherchais.

– Dès que tu te mets à parler, mes idées qui étaient claires partent en bouillie. Arrête, s'il te plaît.

– Mon copilote a refusé de s'exprimer. Le point rouge de son bec me vrillait le front. Je crois bien qu'il se moquait de moi.

– Arrête ! Tu me rends folle ! J'ai quelque chose à dire. Nous allons devoir parler sérieusement.

– Surtout pas ! Ce sont les journalistes et les profs qui parlent sérieusement. Nous sommes des rêveurs. Et des amuseurs, je veux bien.

– Ce ne sont plus des rêves, je suis dans la vraie vie. J'ai trouvé mon histoire.

– Tu as fait vite depuis tout à l'heure. Raconte ! je suis preneur. Un jour, je l'écrirai. Nous la cosignerons, ce sera notre deuxième ban après "l'origine du monde", notre acte de mariage après notre certificat de naissance.

– C'était bien notre projet de prendre la suite des héros, d'Hélène et de Pâris, de Tristan et Iseut, de Roméo et Juliette ?…

– Tu mets la barre bien haut. Je ne suis pas sûr de l'avoir dit, c'était ton but à toi, sans doute. Mais soit, si tu n'es pas trop pressée… Tu me fais un peu peur soudain.

– Se donner aux fantaisies du hasard, accueillir l'inconnu, donner à nos destinées la forme de ces contes qui nous ont tant séduits ?…

– Mais pas tout de suite !

– *The End* dans six mois et demi. Le terme, comme disent les médecins. Mes nausées ont une autre origine. Je suis enceinte, Erwan.


– Depuis deux mois ? Qu'est-ce que tu racontes ? Je croyais que c'était mon rôle à moi d'inventer… Où es-tu allée chercher cette catastrophe ? Tu as négligé ta pilule ? pas volontairement tout de même ?

– Ne fais pas cette tête ! Les as-tu assez appelés ces accrocs du destin ! Tu usais du même mot, *catastrophe*, en le parant de tous les attraits. Le voilà, ton interlocuteur sans sujet ! L'histoire s'est écrite sans toi.

– Je t'ai tellement demandé d'attendre ! Chérie, je ne t'ai pas tout dit des projets que j'ai élaborés pour nous, je voulais y venir un de ces jours : *something we have in store in the direction we haven't taken yet.*

– C'est ton horizon. Je n'avais pas la clé.

– J'ai besoin d'encore un peu de temps avant de voir notre enfant salir des couches et te sucer les seins.

– Tu me fais pleurer.

– Je me suis résolu à vendre la ferme et à troquer cet argent contre des billets d'avion. Libres, nous serons le couple dont mille poètes et mille dieux ont rêvé. Nous survolerons le monde, le goéland me l'a juré… Mais un jour.

– Je ne te crois plus. La seule chose qui t'intéresse, c'est d'écrire.

– Ne pleure pas, embrasse-moi, ce n'est qu'une difficulté, on va arranger ça.

– "Écriture diabolique", comme tu disais. C'est trop tard.

– Évidemment pas. Je te l'ai juré, je te renouvelle ma promesse, nous aurons un bébé, deux, dix si tu veux, mais le premier dans trois ans. Dans cinq ans.

– Je n'avorterai pas. Tu n'as pas compris, tu n'es pas concerné. Cet enfant n'est pas de toi. Que penses-tu de ce fait divers ?

– Nous n'en ferons pas une comédie de boulevard. Je me refuse à formuler la question avilissante : "de qui ?"

– Ça m'évite d'y répondre puisque tu ne la poses pas.

– Dans un polar suédois, je retrouverais ce salaud…

– C'est quelqu'un de bien.

– … je le tuerais, il y aurait du sang partout, je l'émasculerais, je lui foutrais les couilles dans la bouche.

– Tu as déjà trouvé de quoi raconter de nouveau. Au revoir, Erwan. »

*

L'auteur redevient agriculteur. Il travaille d'arrache-pied sans trop réfléchir à la situation. Des chauves-souris sont apparues, mais elles se contentent de tournoyer la nuit au-dessus de son lit. Elles ne font pas partie des espèces domestiques ? Elles ne sont pas cotées au marché au cadran de Plérin, entre les porcs et les bovins ? C'est la pleine saison des légumes. Le goéland se fait plus familier, comme s'il sentait qu'il y a une place à prendre, sans aller pourtant jusqu'à venir picorer un lombric dans la main de l'homme. Le tilak de son bec et son silence se font encore plus indiens : quand il ouvre brièvement les ailes avant de les replier en inclinant la tête, on dirait le geste d'un *sâdhu* joignant les mains. Puis, l'aéronef emplumé décolle, *larus argentatus,* et Erwan parvient, en fermant les yeux, à découvrir de nouveau comme lui le pays d'en haut. Ce transfert tient au fait qu'une vie d'aviateur a nourri ses rêves d'enfant. À l'adolescence, son père lui avait offert quelques leçons de pilotage auxquelles la baisse d'activité entraînée par la maladie les a contraints à renoncer. Mais il est resté au jeune Icare un bouquet d'images dans la tête, des aquarelles d'eaux bleues tachetées d'algues vertes, de sables blancs. Les oiseaux de mer sont devenus ses frères. Quelle fabuleuse liberté que celle de ces chevaliers qui peuvent nicher solitairement sur les dernières franges de rochers, aux limites de la civilisation, puis s'arracher à la pesanteur pour venir voir si les lourdauds sans ailes leur ont préparé quelque déjeuner... Des dinosaures promis à quelque extinction.

Mélanie ne se montre plus. Erwan ne peut l'imaginer dans les bras d'un autre. Il préfère d'abord penser « d'un autre mâle » pour pouvoir mépriser la grossièreté de cet inconnu, mais bientôt une image lui fait comprendre son erreur : un sexe turgescent plonge dans le corps de son Ève, froisse les papillons, et ce n'est pas le sien. Il se persuade qu'elle prépare un voyage de vacances avec un groupe d'amies, en Croatie peut-être, elle en avait parlé. Ses copines auront pour elle les attentions requises par son état. Chut ! il faut respecter les confidences entre filles, on ne sait jamais trop ce qu'elles se racontent. Il serait facile à l'enquêteur de passer chez la prévenue pour compléter son dossier, reprendre l'interrogatoire trop tôt suspendu ou lui passer à la cheville un bracelet électronique avec interdiction de dépasser les limites du canton, mais il redoute de tomber sur sa mère et de devoir soutenir une conversation truffée de sous-entendus. C'est à elle de se présenter.

Il écrit chaque soir : des poèmes, des scènes de fiction, des pages de réflexions qui pourraient nourrir un journal ou bien être prêtées à un personnage de roman. Oubliant écran et papier, il aime aussi beaucoup son pays à hauteur d'homme, il s'attache à le découvrir toujours plus profondément. Il fait de longues marches que seule borne la fatigue de son travail aux champs. Il s'émeut de la disparition de la langue ancestrale, qui se traduit notamment par l'effacement des toponymes. Plus personne ne sait comme s'appelle tel ou tel étoc, alternativement englouti ou découvert par le jeu des marées. Les "lieux-dits" deviennent des taches d'oubli. La campagne, les rivages, s'enfoncent de nouveau dans un mutisme antérieur aux hommes.

Les légendes nourrissent leurs clichés de ce silence.

On dirait des séquences d'un Méliès inquiétant. Là, de maléfiques lavandières s'amusaient à retenir les passants assez naïfs pour les aider à tordre leurs draps blancs. Plus loin, des korrigans dansaient entre les bouquets d'ajoncs. Derrière d'invisibles récifs des naufrageurs attachaient aux cornes de leurs vaches des branches enflammées que les navigateurs prenaient pour les lumières d'un havre… Dans les rêveries du promeneur qui n'ont pourtant rien de triste, ces feux, cette mer, ces champs, se disputent d'avance les restes futurs de son corps : préférera-t-il être enterré, immergé ou incinéré ? Une dissolution dans l'humus ou dans l'océan, une caresse des vers de terre ou un repas des homards, auraient peut-être l'avantage d'assurer une forme de transmission de son ADN dans le formidable grouillement de la vie ? S'il devait finir en fumée, un vrai bûcher de bois comme on en voit en Inde sur les bords des fleuves lui conviendrait mieux que les affreux brûleurs des crématoires, porteurs de sinistres mémoires.

À l'entrée d'un chenal, ont certifié quelques chroniqueurs, une ville faisait briller des rues pavées d'or : *Tolente*, désormais engloutie, gardée sous la gelée verte des vagues par des troupeaux d'*anaon,* âmes défuntes aux longs cheveux. Malgré les traces certaines des routes romaines réputées y conduire, ni les archéologues ni les plongeurs n'ont rien trouvé. Mais l'histoire est belle, vierge de la contamination chrétienne qui fait de la ville d'Ys la scène d'un sketch moralisateur entre le diable, un saint, un roi et sa fille. Ici, rien d'autre que des poissons aux écailles d'émeraude glissant au-dessus de torques, de fibules, d'épées et de boucliers d'or. Erwan préfère ça.

Dans les *festoù-noz*, fêtes de nuit où s'entretiennent les danses traditionnelles, il se sent bizarrement gêné par son prénom breton qui paraît lui donner une famille, quand il n'en a plus ; qui en fait un cousin de Gwenn, la révolutionnaire irlandaise sacrifiée sur les falaises de Menton. Il préférerait rester inconnu, même dans son pays. Ces amis qui tressautent en rythme puis le saluent en s'esclaffant, un verre de bière à la main, ne voient pas les gouffres qui le cernent, les éboulements qui le menacent. Les sbires du *em-aï-six* vont-ils revenir le libérer de ses pesanteurs culturelles ? Mais non, il délire. Sa liberté excède ces déterminations.

Que pourrait-il entreprendre, lui, ex-Erwan, qui ne découlerait pas de sa naissance, de l'histoire de sa tribu, des cahots de la politique nationale, des errements des théories en cours ? Après le défaut de Mélanie, c'est maintenant à lui de se trouver un avenir. Un récit à écrire bien sûr, mais à vivre aussi bien. Le voici pris, à son tour, dans les contradictions qu'il a si souvent opposées à *sa moitié*. Comment avait-il formulé pour elle ces conseils qu'il doit à présent s'adresser devant son miroir ? « On ne domestique pas le hasard, on ne peut qu'attendre et espérer. On saura si le Messie doit venir quand il sera venu. »

*

Un matin, après s'être levé puis rendormi devant une

tasse de café, il trouve enfin le courage de se secouer pour passer chez Mélanie. Il se rase, change de linge, s'avance dans l'espace entre les deux maisons en répétant les sourires et les plaisanteries qui pourraient l'aider à se présenter. La divine est absente, il ne sait pas s'il doit s'en féliciter pour éviter une première rencontre difficile, ou si c'est mauvais signe. Sa mère le reçoit en lui donnant d'emblée du « pauvre garçon », sans parvenir à masquer son triomphe sous des gémissements. « Accoucher si loin, au Japon, tu te rends compte, qui aurait cru, mais il paraît que les hôpitaux sont bien là-bas aussi, modernes comme il faut. Quand elle m'a dit que son Meissonnier était nommé à Kyoto, j'ai failli tomber à la renverse, et son père n'a pas dit un mot pendant trois jours... »

Meissonnier et le Japon du même coup ! Erwan n'a pas frémi. Cette horreur lui donne en somme raison en justifiant son hautain silence des mois précédents. Autant jouer chez Shakespeare et Kurosawa plutôt que chez Courteline. « Maintenant, continue la tortionnaire, il est prévu que les grands-parents aillent faire la connaissance de leur petit-fils quelques mois après la naissance. Oui, il paraît que c'est un garçon ! »

Qu'ils y aillent, qu'ils y aillent, il paraît aussi que les avions explosent quelquefois en vol, au-dessus de l'Ukraine ou des mer asiatiques ! Les oreilles du proscrit ne se mettent à bourdonner, ses lèvres ne s'inventent un tic irrépressible, qu'au moment où il regagne sa caverne.

Les chauves-souris sont là. Quelques restes d'alcools aussi. Il ne sait pas si une ou plusieurs nuits ont passé quand il reçoit une première lettre de l'infâme. « Elle n'a pas eu le courage de venir l'informer de vive voix de l'inflexion majeure de son destin. » Voyez-moi ce style ampoulé ! À quelle déchéance l'intégration bourgeoise ne mène-t-elle pas ! Les sordides héros ont-il choisi leur aspirateur et leur lave-vaisselle ? Justement, elle « s'installe » avec Meissonnier. « Elle devine la stupeur et peut-être la douleur d'Erwan qui restera toujours son premier amour, et, s'il le veut bien, son meilleur ami… » À vomir. Il ne va tout de même pas lire ces pages où elle s'attache à corriger « le portrait défavorable de Meissonnier auquel un malentendu absurde pourrait le faire céder » ? Il ne la savait pas capable d'un tel mauvais goût.

Il retourne au champ, la vue brouillée par le souvenir d'une robe à pois et d'une petite culotte blanche. Il ferait bien grève lui aussi, mais de quoi ? de travail, de faim, de peines ou de joies ? de toute sensation ? de vie ? Le soir, feuilletant au hasard le livre d'Ayn Rand devant une pizza réchauffée qu'il n'a pas touchée, il tombe sur des phrases qui justifient son retrait : *« Certaines choses ne doivent pas être regardées en face. Il y a, dans le mal, une forme d'obscénité qui contamine l'observateur. Il y a une limite à ce que l'homme peut décemment voir. Tu ne dois pas y penser, ni même entrer dans ces considérations, ou chercher à en comprendre la genèse. »* Voilà. Dieu avait dû lire ce texte avant de choisir la sieste du tsimtsoum. « Une forme d'obscénité qui contamine le regard. »

C'est un aveuglement difficile à tenir. Son cerveau fait le malin en accueillant d'autres éclats d'images, de voix, de rires. Tais-toi donc ! Des nuages, des sillons, des choux, des abeilles et des merles, un sapiens sous le regard des astres. Les oiseaux descendent des dinosaures. À l'époque, il n'y avait pas d'herbe, encore moins de fleurs ; seulement des fougères, des lichens, des algues. Gare aux anachronismes !

« Tu sais », lui confie le goéland auquel il vient de jeter un ver, « j'ai une idée, peut-être, pour le roman que tu cherches…

– C'est gentil, dis-moi.

– Les polars sont à la mode ? les trucs sanglants ?

– Sans doute, oui, j'y ai pensé tout de suite, mais ce n'est pas mon genre.

– Pas d'accord, c'est ton domaine d'élection ! Le polar, c'est l'art du dialogue avec le hasard. Un truc survient, qui n'aurait pas dû se produire, et c'est parti pour deux cents pages d'enquête ou quatre-vingt-dix minutes de suspense !

– Je sais, je sais… Tu n'as pas eu à chercher trop loin pour produire ce plagiat !

– Attends ! tes neurones sont froids, commençons par quelques exercices d'échauffement. Est-ce que ces deux témoins qui se sont croisés sur le lieu d'un attentat juste avant l'explosion étaient là sans raison ou bien est-ce qu'il s'étaient donné rendez-vous ?

— Est-ce qu'ils se connaissaient seulement ?

— Tu y viens !

— Est-ce qu'ils ont été aperçus par un tiers, le vrai coupable, qui s'est servi de cette coïncidence pour les faire soupçonner ?

— Pépite d'expert ! J'en ai parlé avec les lapins. Les vieux se sont souvenus d'un renard, tueur récidiviste, responsable d'une série innombrable de crimes, pourtant parfaitement légaux selon le *Code vital*. Les jeunots ont plaidé pour des scènes pornos, ils n'arrêtent pas de feuquer dans leurs terriers.

— Eh bien, ton idée finale ?

— Attends, je finis de déglutir, il y a déjà deux autres lombrics qui veulent se faire dévorer… Regarde ce joli rose ! Voilà qui est fait.

— Je t'écoute.

— Tu te choisis un meurtre, un seul, et tu brodes. Tu aurais tout de suite de quoi t'occuper.

— Par exemple ?

— Tu tues Meissonnier. Tu le fais souffrir. *Reservoir Dogs*.

— Je vois, encore une hypothèse qui ne t'a pas demandé trop d'effort ! Dis aux lapins de laisser mes betteraves tranquilles.

— Alors ? ton premier chapitre ? Qu'est-ce que tu fais de tes personnages ?

— Ils sont au Japon.

— Merveilleux ?

– C'est loin.

– Le Japon !... Les mangas, les yakusas, les sabres, les crimes maquillés en suicides hara-kiri ! La geisha spécialisée dans la castration de ses amants ! Le type qui a mangé sa maîtresse ! il est devenu une star de l'édition, il a écrit quinze livres ! C'est le monde de l'horreur raffinée, le Japon ! Pense aux sumos, même : tu t'arranges pour faire asseoir un de ces géants sur Meissonnier, il n'en reste qu'une crêpe !

– Ha ! Ça doit coûter cher, le billet d'avion ?

– Prends la *Germanwings* jusqu'à Berlin, et là change pour la *Malaysia Airlines*, ils font des réductions en ce moment.

– Je vais voir ça. »

## 11.
### *Jouir*

Quelques heures plus tard, il est à Kyoto. Sur internet. Les gredins ont bien visé, ou ils ont eu de la chance s'il s'agit d'une nomination. C'est l'ancienne capitale du Japon, riche encore aujourd'hui d'innombrables monuments *shinto* ou bouddhiques, classés par l'Unesco. Cette splendeur doit plaire à Mélanie et s'accorder à sa propre élégance. Son vieil amant multiplie les effets de pédantisme pour se mettre en valeur : et *Kiyomizu* ceci, et *Kinkaku-ji* cela. Fais-lui boire du saké, il te laissera en paix la nuit prochaine ! Il ronflera, tu pourras le détester.

Le goéland a un faible pour le shintoïsme dont les divinités, les *kami*, comptent aussi bien des éléments naturels, le vent, le soleil, que des animaux ou des humains fameux, dont l'empereur du Japon. Le monde est une mer de kami, il y en a huit quelque chose, huit cent mille ou huit millions, présents mais invisibles : « sept-millions-neuf-cent-quatre-vingt-dix-neuf-mille-neuf-cent-quatre-vingt-dix-neuf, plus moi » a précisé l'oiseau en se rengorgeant. Au VIe siècle le bouddhisme a ajouté ses rites et ses images à cet animisme sophistiqué. Bien que les jardins *Zen* l'attirent par leur dénuement, Erwan se résout à les ignorer parce que précisément il doit être impossible de s'y cacher.

"*Konnichiwa,* bonjour !", il préfère retenir la candidature de l'extraordinaire sanctuaire *Sanjüsangen-do* qui aligne mille et une statues de *Kannon*, la déesse bouddhique de la compassion. Il badigeonnera d'une peinture d'or un tueur au sabre, ça fera mille deux fantômes indifférenciés. Et quand le couple se présentera dégoulinant de mièvrerie, Mélanie se caressant le ventre en faisant des mines, crac ! la tête de Meissonnier volera. "*Arigato gozaimasu,* merci beaucoup !", et "*sayonara,* au revoir !", ni vu ni connu. Attention, dans la région du *Kansaï* dont fait partie Kyoto, on dit plutôt *"okini"*, pas d'erreurs de débutants !

Ensuite, il devra lui-même choisir. Ou bien se présenter devant une Mélanie atterrée, la prendre dans ses bras, déduire du sang qui lui coule entre les jambes que la fausse couche a commencé, la faire monter dans un taxi et la conduire dans une de ces cliniques modernes recommandées par sa mère. Ou bien négliger de se découvrir, rester invisible comme un kami, l'observer à son insu, survoler peut-être la scène, attendre pour recomposer son couple que Mélanie rentre au pays, se promettre que jamais il ne lui racontera ce voyage au Japon ni donc sa responsabilité de metteur en scène asiatique.

Le goéland pourra-t-il dévorer le fœtus ?

*

La nuit, les souvenirs de ses ébats avec sa fée ne le lâchent pas. Il dort les lèvres posées sur les papillons roses du sexe adoré. L'origine du monde. S'il devait définir l'espèce pour un auditoire extraterrestre, il proposerait un mixte d'activités amoureuses les plus physiques, de rires et de brainstorming créateur. *FLT, Fuck, Laugh and Think !* Est-ce que les plus grands génies de l'art et de la pensée ont été des amants épanouis ou contrariés ? Qu'ont-ils pensé de cette brève chute dans les ténèbres de Nyx qui suit l'acmé de l'orgasme ? D'un côté Ovide, Apulée, Abélard, Boccace, Chaucer, Rabelais, Shakespeare, Molière, Sade, Casanova, Flaubert, Baudelaire, Courbet, Picasso, *Charlie Hebdo* ; de l'autre Bossuet et le procureur Pinard. Bénéfice du doute pour Pascal, Corneille et Racine. Innombrables sont les religions et les morales publiques qui se sont attachées, qui s'attachent encore, à salir de jour, dans les discours en chaire, cette fusion des chairs que vivent chaque nuit des milliards de *sapiens*. Chaque nuit, des milliards ! Le cas le plus crapuleux, aux yeux d'Erwan, est celui de saint Augustin s'abandonnant dans sa jeunesse à tous les délices érotiques et gagnant ensuite une douteuse notoriété en publiant des *Confessions* dans lesquelles on lit, entre autres élégances, que « nous naissons entre les excréments et l'urine ».

Un matin, lui vient l'idée d'une nouvelle rapportant un dialogue philosophique entre deux amants nus, tout en décrivant sans détours les paliers de leur jouissance. Un texte que peut-être Diderot, l'auteur des *Bijoux indiscrets* et de la *Suite de l'Entretien*, aurait pu écrire s'il n'avait eu à craindre les foudres des censeurs. Le plaisir sexuel y sera présenté tout à la fois comme une entourloupe de la Vie pour assurer sa perpétuation et comme son premier trésor, son salut au réel. On doit trouver des choses comme ça en Inde, chez les adeptes du tantrisme. *Kamasutra, Kajuraho*. Mais il veut en faire une condition universelle.

En terre judéo-christiano-islamo-cartésienne, son texte s'appellera *Genèse Porno*. Trois jours pleins lui suffisent pour l'écrire, la pluie lui vient en aide pour arroser les légumes en son absence. Le phallus de l'homme pénètre le vagin de la femme ou s'offre à la caresse de sa langue alors même qu'ils sont en train d'examiner la timidité de la Bible sur le sujet et la perpétuation de ce manque dont le courage de Freud n'est pas venu entièrement à bout. Les quartiers louches prospèrent et les ricanements fusent, tandis que les cabinets de kinésithérapie ou d'ostéopathie se gardent de toute manipulation sexuelle. C'est important, mais on ne touche pas.

L'identité des deux partenaires reste masquée pour mieux suggérer l'universalité de leur comportement. Les Arabes ou les Hurons jouissent aussi bien que les Roms et que les Lords anglais. C'est son enracinement biologique qui vaut au coït amoureux sa valeur sacrée. Car, aussi nécessaire soit-elle, on peut plus ou moins changer de culture. Tandis qu'on ne modifie pas plus facilement le corps humain qu'on n'arrête un tsunami ou un tremblement de terre. L'un des deux narrateurs se permet même à ce point d'avancer que, si le Christ a été proclamé Dieu, ce n'est pas parce qu'Il s'est présenté comme tel, mais parce qu'Il a marché sur l'eau, multiplié les pains et vaincu la mort physique. L'autre enchaîne en rendant hommage à D. H. Lawrence et à Nikos Kazantzaki qui, dans *L'homme qui était mort* ou dans *La dernière tentation du Christ*, ont accordé une vie sexuelle à Jésus.

Une main sur un sein de son aimée, l'amant se présente avec insistance comme « un chevalier du hasard », auquel il prête rien moins que du génie. Cédant à une rare allusion personnelle et ne plaisantant qu'à demi, il accorde au caractère fortuit de leur rencontre la valeur d'une fabuleuse élection, confidence qu'il sanctionne d'un « *comprenne qui pourra* ». L'auteur esseulé à l'inverse de son personnage doit-il se laisser aller à commenter ce paradoxe ? En prêtant à ce veinard frémissant de jouissance un développement qu'il doit aller chercher dans le gouffre de sa propre vie, Erwan sait bien qu'il cède à une dangereuse nostalgie. Mais ne serait-il pas pire de se censurer ? Le texte commande. Mélanie lui a si souvent transmis les révélations fascinantes de ses cours de biologie ! Le hasard est partout : dans les rencontres des premières particules après le Big Bang qui finiront par donner des molécules stables ; dans les erreurs de recopie qui produiront à l'occasion des ADN plus sophistiqués que les précédents ; dans les rencontres entre partenaires sexuels ; dans le couronnement de l'unique spermatozoïde parmi des millions qui fécondera un ovule parmi des milliers ; dans les tournants professionnels, heureux ou malheureux, qui feront émerger ou détruiront sans retour des carrières essentielles ; dans les accidents de la route, les aléas des guerres, les événements cosmiques ou météorologiques… Tiens, il pleut, et justement Erwan pleure. Allitération à sa place. Signes, facteurs et choses sont à l'unisson.

Dans le conte qui s'affirme sur l'écran de l'ordinateur, la femme, elle, revient sur les pas d'Ève exposée aux tentations de l'Éden. Le fameux fruit que cueille l'ancêtre n'est défendu que parce que sa consommation ouvre à la connaissance du bien et du mal : on comprend que Dieu redoute qu'y prenne source une contestation de son pouvoir. Dans les représentations chrétiennes ultérieures on voit apparaître une pomme dont l'origine est obscure. Les spécialistes ont invoqué sans convaincre les reinettes d'or des Hespérides grecques ou les boskoops de l'Avalon celtique. En latin, le même mot *mala* veut dire à la fois « mal » et « pomme », mais on ne sait trop s'il s'agit d'une origine du mythe, d'une confusion involontaire ou d'une plaisanterie académique. Dans le texte d'Erwan, les deux tourtereaux se promettent de manger ensemble une pomme dans le cours de leur prochaine nuit d'amour. Nus bien entendu. « Ce sera d'enfer », lâche la mignonne sans mesurer tout à fait ce qu'elle dit. Lui préfère revenir à la Torah et constater qu'il ne faut donc pas trop solliciter le texte pour constater qu'il fait de la sexualité une sorte d'équivalent du pouvoir divin, peut-être son autre nom. Ce que confirme un midrash kabbalistique dans lequel Dieu, sommé de présenter son travail depuis le Commencement, se contente de répondre : « J'ai fait des couples ».

*

Il ne va pas être facile de recruter un tueur *yakuza*. Sans doute vaudrait-il mieux s'en occuper à Tokyo, la grouillante capitale, qu'à Kyoto, le Versailles japonais. Ils pourraient ensuite prendre ensemble ou séparément le fameux TGV rose *Lombriko* pour gagner la scène du crime, aux heures d'affluence il y en a un toutes les quatre minutes.

Leurs confréries sont plus étendues encore que celles des mafiosi siciliens. Surtout, leur histoire se confond avec celle du Japon lui-même, et on voit mal comment un héritier des *machi-yokko*, "les serviteurs des villes", accepterait de mettre son talent au service d'un douteux *gaijin*, d'un étranger. Au demeurant, la plupart d'entre eux se contentent désormais de gérer des clubs de jeux ou des sex-shops, et ne se muent qu'exceptionnellement en exécutants des basses œuvres de leur *kumicho*, de leur parrain. À moins qu'il ne faille dire *oyabun* ou *komon* ou *waka-gashira* ou *honbucho* ou *jimukyokucho*, fichtre ! quel dangereux dédale ! Leur quartier à Tokyo est celui de Kabuchiko, dans l'arrondissement de Shinjuku. Le mieux serait de trouver un voyou solitaire, exclu de son clan et donc sans doute en mal d'argent. Il devrait être facile d'en repérer un car le rituel de leur "licenciement", le *yubitsume*, exige qu'ils se coupent eux-mêmes le petit doigt, plusieurs s'ils ont multiplié les entorses au code. Il faudra surveiller les mains des passants, celles des consommateurs de saké ou de shochu dans les *izakaya*...

**12.**

**_Mentir_**

L'avion de la _Germanwings_ se pose sans encombre à Berlin. Les employés de l'aéroport sont aimables. Difficile d'imaginer que leurs parents ou grands-parents ont été associés au projet d'exécuter tous les juifs, les tsiganes, les homosexuels, les malades mentaux. Comme quoi il suffit d'attendre pour voir les merveilles naître au lit des horreurs. _Mutti_ Merkel ouvre généreusement son pays aux immigrés. Mais déjà quelques bénéficiaires indignes de ces largesses multiplient les agressions sexuelles la nuit de la Saint-Sylvestre, révélant qu'à leur peur de mourir s'ajoutaient des désirs refoulés dans leur pays d'origine. Inquiétants nouvel an, nouveau chapitre, nouveau suspense ! Quelle histoire !

La chute de l'avion russe dans le Sinaï pousse Erwan à consulter les tableaux de l'aéroport pour voir s'ils annoncent des vols vers le Japon de la compagnie _Metrojet_ ou _Kogalymavia_. Mais il ne semble pas que ce soit le cas. Il s'en tient donc à  la _Malaysia Airlines_. Les hôtesses sont charmantes ; les apéritifs et le repas servis dès l'avion stabilisé, excellents, bien que proposés à des voyageurs modestes, des jeunes gens en jeans et baskets, des touristes déjà en bermuda et en tongs qui ont oublié que dans les avions il peut faire froid. Erwan est assis au bord d'une allée, près d'un cinquantenaire bouffi aux traits orientaux, dont l'attaché-case de cuir noir et la cravate ne suffisent pas à corriger le vêtement élimé ; si ses affaires fructifient, un jour il aura droit à la *business class* en costume *Hugo Boss* ; ensuite, il pourra mourir, sa vie réussie. Comme il se doit pour que la suite fonctionne, pour qu'à son réveil il découvre que ce voisin poignant a fait place à une charmante jeune femme, européenne ou asiatique, au choix, une puissante torpeur s'abat sur l'écrivain voyageur. Les Japonaises, ont, dit-on, la peau très douce.

Quand il se réveille, en consultant la carte que propose le petit écran devant lui, il constate qu'ils ont passé l'Ukraine, le Sinaï, la Syrie, qu'ils approchent déjà des déserts orientaux. L'avion n'a pas explosé comme dans *Le Hasard* de Kieslowski. Son voisin n'a pas changé : pas de fée délicate dont il pourrait prendre la main. Il est dans un autre récit. Cherchant à ordonner les éléments de ce nouveau présent, il voit la tache rouge du drapeau japonais glisser sur le bec d'un goéland et se multiplier sur la robe d'une jolie cycliste. Et il se demande si toute son aventure n'est pas un clin d'œil, voire un cadeau de Mélanie. Aurait-elle voulu lui éviter de sombrer dans la folie, dans le vortex de « l'océan des histoires », en l'y précipitant ? Aurait-il été... aveugle comme Isaac ? et sourd surtout ? Il lui revient soudain que pendant leur conversation sur l'entourloupe de Jacob abusant de la crédulité de son vieux père, elle l'a fait disserter sur l'ambiguïté des contes servant aussi bien le pire que le meilleur. N'avait-elle pas même suggéré l'éventuelle richesse des mensonges ? Erwan tremble d'émotion, de peur et de joie mêlées. Voici que les affreuses semaines de souffrances qu'il vient de vivre prennent l'allure d'une plaisanterie réparant un oubli dans ses pompeux développements théoriques : *les plus drôles des histoires ne sont-elles pas aussi de violentes distorsions de la vérité ?* Fallait-il qu'il vécût une telle horreur pour redécouvrir l'étendue du réel et l'amour des autres ?

Peut-être Mélanie, peut-être *sa femme*, n'est-elle pas enceinte ? Elle s'est toujours scrupuleusement protégée. Comment a-t-il pu croire d'emblée qu'elle s'était donnée à Meissonnier ? l'accuser sans autre vérification ? Sans doute même n'est-elle pas au Japon ? Ha ! rude leçon ! La maman n'était-elle pas mal à l'aise en débitant cette blague au « pauvre garçon » en souffrance ? obéissait-elle à sa fille ? Erwan s'esclaffe dans son fauteuil d'Airbus, à dix mille mètres d'altitude au-dessus du Tadjikistan, en se persuadant qu'il est en train d'effectuer un voyage inutile. Quelle élégante facétie ! qu'il se promet sur le champ de mener à son terme. Il va remplir méticuleusement son programme, sans autre raison que d'en jouir. À Tokyo, il ira se promener dans les bouges de Kabuchiko, il essaiera de trouver une main au doigt coupé. Il prendra le TGV rose ou blanc, il le baptisera *Lombriko*. S'il aperçoit un goéland, il lui glissera quelques mots de breton. À Kyoto, il saluera les mille et une statues du *Sanjūsangen-do*, sans craindre de les tacher de sang. Il s'inclinera en silence devant les graviers et les pierres *zen* du *Ryoanji*. Et il frémira, enivré de beauté et de gratuité.

*

« Qu'est-ce que tu écris, Erwan ?

– Une folie japonaise. Un machin Orient-Occident. Je m'apprêtais à rentrer, j'étais déjà à l'aéroport de Tokyo. Mais, à la réflexion, je crois que je vais faire quelques courses avant de partir et aussi pendant les escales, en Chine, dans les pays du Golfe.

– Hors taxe. Qu'est-ce que tu veux acheter ?

– Des bijoux anciens, des trucs en or, en émail ; des pièces de monnaies variées. Au retour, j'emprunterai le bateau de François et je laisserai tout ce trésor couler à l'entrée du chenal pour reconstituer le trésor de Tolente. Les archéologues s'extasieront en constatant que des navigateurs asiatiques sont venus jusqu'ici dans les temps anciens.

– Tu ne m'en veux plus ?

– Je t'aime. Les histoires nous protègent de la mort. Après le point final, la vie continue.

– Tu l'as déjà dit.

– Il y a un million de milliards de connexions entre neurones dans le cerveau humain…

– Ça aussi.

– C'est peut-être l'objet le plus complexe de l'univers.

Forcément, de temps en temps, il y a des redondances.

    – Ça radote.

    – Je lui dirai !

    – À qui ?

    – À la vérité. »

FIN

*Note. Plusieurs des textes projetés par Erwan existent réellement, en longueur, dans des livres du même auteur :*

– en librairie, dans le recueil *le-septième-jour.net*, les nouvelles *quadrige.xls* (annoncée au chapitre 2 ci-dessus), *hihihaha.com* (4), *bobards.doc* (6), *experience.org* (9),

– sur internet, les romans *Préavis* (3), *Cohensidansepochtli* (5), *Rature* (8), *Tolente* (10) ; et, dans le recueil *Aveuglément*, les nouvelles *Incognito* (8) et *Genèse Porno* (11).

**Du même auteur**

*En librairie*

**Quand ces choses commenceront...**  (essai) *Arléa*
**La nuit celtique**              (essai) *Terre de Brume/PUR*
**Aborigène occidental**          (récit) *Mille et une nuits*
**Espèce d'homme !**              (essai) *Éditions du Temps*
**Gwir**                          (essai) *Yoran Embanner*
**le-septième-jour.net**          (nouvelles) *Dialogues*

*Sur internet,*
*en format numérique ou en livre imprimé*

**Préavis**                       (comédie)
**Rature**                        (roman)
**Cohensidansepochtli**           (roman)
**Sexuelles**                     (roman)
**Tolente**                       (roman)
**Aveuglément**                   (nouvelles)
**Quoi d'Autre ?**                (essai)
**Qu'est-ce que tu racontes ?** (roman)

Biographie et filmographie (télévision) sur Wikipedia